插图本
中国古典文学丛书

汉赋

陈虎／主编
马庆洲／著

河北出版传媒集团
河北教育出版社

图书在版编目（CIP）数据

汉赋 / 马庆洲著 ；陈虎主编 . -- 石家庄 ：河北教育出版社，2022.3

（插图本中国古典文学丛书）

ISBN 978-7-5545-6947-4

Ⅰ. ①汉… Ⅱ. ①马… ②陈… Ⅲ. ①汉赋－文学研究 Ⅳ. ① I207.22

中国版本图书馆 CIP 数据核字（2022）第 022390 号

书　　名　汉　赋
　　　　　HANFU
主　　编　陈　虎
作　　者　马庆洲

策　　划　刘贵廷　王书华
责任编辑　付宏颖
装帧设计　郝　旭
出　　版　河北出版传媒集团
　　　　　河北教育出版社　http://www.hbep.com
　　　　　（石家庄市联盟路705号，050061）
印　　制　保定华升印刷有限公司
开　　本　880毫米×1230毫米　1/32
印　　张　6.625
字　　数　125千字
版　　次　2022年3月第1版
印　　次　2022年3月第1次印刷
书　　号　ISBN 978-7-5545-6947-4
定　　价　35.00元

总　序

汉字是世界上最古老、最悠久的一种语言文字，也是世界文明园地中表现力最丰富的一种交流工具。用这种最富表现力的工具作为载体的中国古代文学，也就必然具有与世界其他文学样式所不同的思想、艺术特征。由于中国社会是带着强烈的人文、理性色彩进入阶级社会的，所以在此土壤中生长出来的各种文化因素都无一例外地带有其鲜明的本质特征。中国的古代文学也不例外，她作为世界上最悠久的文学样式之一，带着鲜明的人文色彩和理性精神，经历了三千多年的持续发展历程，以其辉煌的成就，已成为中国传统文化中一支散发着奇异馨香的奇葩，成为全人类文化遗产中的艺术瑰宝。

产生于浓厚人文、理性色彩这一肥沃土壤中的中国古代文学，极为重视文学作品的思想性，强调文以载道的教化作用，所以在内容上偏重于政治和伦理道德主题。将文学视为政治的附庸和说教，一直被当作一种无可非议的价值倾向。所以，君臣的遇合、民生的苦乐、宦海的浮沉、战争的胜败、国家的兴亡、人生的聚散、纲常的序乱、伦理的向背等，一直是中国古代文学的主旋律，无论是诗歌、散文、小说还是戏曲，大都如此。这一方面使得中国古代文学蕴涵着浓郁的政治热情、进取精神和社会使命感，另一方面又强烈地抑制了古代文人自我情欲的释放、自由个性的迸发以及自我意识的开掘，尤其是“存天理、灭人欲”的社会观念的束缚，使中国古代文学完全被笼罩在了理性主义的烟霭之中。从春秋战国时期如处子、名媛般的《诗经》《楚辞》，汉魏六朝的丰碑巨制，唐诗、宋词的不朽咏唱，悲怆倾诉的元曲，一直到明清时期的人生画卷，无不表现了先哲先贤们对社会、对国家、对民族的激越情怀，以及对宇宙世界的无限期待，从中透露着千古风流人物的奋斗历程，以生动而具象的形式体现了中国文化的基本精神和中华民族的文化心理特征，广泛而深刻地反映着中国传统文化其他部分的内容，使人们深切地领略到了中华民族文化的博大久远。这是我们中华民族的骄傲，更是我们民族赖以凝聚、发展、强盛的巨大能源所在。

作为中国传统文化中最重要、最具活力的组成部分，中国古代文学又生动而深刻地体现着中国文化的基本精神，对现代中国乃至世界文明的发展都产生了广泛而深远的影响。唐诗、宋词中的名篇警句至今脍炙人口，元杂剧、明清小说中的故事、人物至今家喻户晓，其中所蕴涵的审美功能和认识功能历久弥新。因此，中国古代文学作为中国传统文化中最容易为现代人理解、接受的一种文化形态，是现代人与传统文化之间实现沟通的最直接的桥梁，也是世界其他文化背景下的人们了解中国文化的最佳窗口。

在科学技术迅猛发展的当代社会，人们的生活、观念正发生着巨大而深刻的变革，面对纷至沓来的现代科技和汹涌而至的各种思潮，人们仍能深切地感受到中国传统文化无所不在的巨大力量。人们渴望了解这种无形的力源，于是，绚丽多姿的中国古代文学就成了人们首要的注目之所。但由于各种原因所致，以往有关中国古代文学的诸多著作物，基本上都是写给那些从事专业研究者的，其中承载了过于厚重的道德和伦理内涵，因而理论性太强，显得生硬枯燥，将文学史上生动活泼、充满人间喜怒哀乐的鲜活笼罩在了黑厚的布幕之下。通过这些厚重的学术著作，人们根本无法了解鲜活、丰润的中国古代文学。而那些林林总总的古代诗、文选译本，又显得过于割裂和琐碎，读者很难从中领略中国古代文学活脱的发展脉络。因此可以说，目前社会上很难找到适合于普通读者需要的有关中国古代文学的趣味性读物，于是我们策划了这套《插图本中国古典文学丛书》。丛书共十本，是面向具有中等以上文化程度的读者介绍中国古代文学基本知识的图文并茂的大众普及性读物，主要内容包括按照历史发展线索，介绍中国古代文学体裁方面的基本知识，以及相关作家、作品对其产生的影响等，基本涵盖了传统学术话语里中国古代文学中最精彩、最具吸引力而又最为人们喜闻乐见的内容。

陈虎

2021年6月

目　录

贰　楚骚有遗韵

叁　苞括宇宙，总览人物

引　言

赋，与诗、文、词、曲一样，是中国古代重要的一种文体，在文学发展史上有过辉煌的一页。一些重要的文学选本，从南北朝时的梁萧统《文选》，直到明代吴讷所编《文章辨体》等，“赋”都单独作为一类。从产生时间上看，作为与诗、词、曲并列的韵文，赋的出现仅仅比诗歌稍晚一些，而远在词、曲之前，算得上是老资格了。从数量上看，赋的数量有两万余篇，仅次于诗、词，与曲大致相当。赋对于其他文学形式如诗歌、散文以至戏曲、小说等的影响，也远在词、曲之上。因此，要全面了解中国古代文学的发展，就不能忽视赋这一重要的文学样式。而说到赋，一般更易将其与汉代联系在一起，因为有一个耳熟能详的名词——“汉赋”，这是与汉赋在整个辞赋发展史中的地位密不可分的。

（一）一代有一代之文学——汉赋

赋是继《诗经》《楚辞》之后，在中国文坛上兴起的一种新的文体。在汉末文人五言诗出现之前，它是两汉400年间文人创作的主要文学样式。早在清代，学者焦循就说："一代有一代之所胜……欲自楚骚以下至明八股，撰为一集，汉则专取其赋，魏晋六朝至隋则专录其五言诗，唐则专录其律诗，宋专录其词，元专录其曲。"近代学者王国维进一步阐发说："凡一代有一代之文学，楚之骚，汉之赋，六代之骈语，唐之诗，宋之词，元之曲，皆所谓一代之文学，而后世莫能继焉者也。"王国维是晚清以来极有影响的大家，其言一出，便流传开来，于是便有了与"唐诗""宋词"等并称的"汉赋"专名。

赋，与汉代联系起来，成为一代文学的专名，有其客观上的原因。作为两汉时期最有特点的文学样式，汉赋的影响主要表现在以下几个方面。

首先，汉赋的作者面广，遍及社会各个阶层。班固在《两都赋序》中说："故言语侍从之臣，若司马相如、虞丘寿王、东方朔、枚皋、王褒、刘向之属，朝夕论思，日月献纳；而公卿大臣，御史大夫倪宽、太常孔臧、太中大夫董仲舒、宗正刘德、太子太傅萧望之等，时时间作。"这段话比较真实地反映了当时汉赋作者队伍的状况。在这些作者之中，除文人如贾谊、司马相如等外，还有王侯，如虞丘寿王，有史学家、经学家，如公孙弘、董仲舒等。可见，作赋是当时的一种社会风气，而不仅仅是个人的爱好。

其次，作品数量多。《汉书·艺文志》是记载西汉一代文献情况最为可靠的资料，它著录辞赋106家，1318篇，除歌诗28家，314篇，再除去荀子、屈原作品及杂赋，实有73家，900余篇。东汉时期赋的创作，《后汉书》没有提供数据，但推测应当不少于西汉。这样估算下来，汉赋的数量保守说也有2000多篇。再从歌诗与赋的比例看，《汉书》著录的歌诗有314篇，与900余篇赋相比，只有其三分之一，显然，赋的创作数量要远远高出歌诗。

可惜的是，历经岁月的沧桑，流传至今的汉赋已经很少。据统计，今存汉赋作家91人（包括一位无名氏作者），有赋作319篇，其中完整或基本完整的约100篇，存目39篇，其余为残篇。

第三，汉赋地位重要。《史记》《汉书》是记载西汉历史最重要也是最基本的两部史书，作者司马迁和班固均为汉代人，两部书中都有不少作家的传记，而许多传记的篇幅基本上为传主的赋作所占据。如司马相如的传，《子虚赋》《上林赋》两篇赋就占据了绝大部分篇幅。这说明，赋在汉代是士人显示才华、获得声誉的凭借，在司马迁、班固这样的史家眼中，赋作最能表现一个人的学识和才情，只有它才是足以传之后世、令作者声名不朽的东西。古人有“三不朽”之说，即“太上有立德，其次有立功，其次有立言”，赋能够承载使一个人不朽的重任，其重要性也就不言而喻了。

（二）汉赋兴盛的社会原因

汉赋在汉代成熟并发展到极致，除了文体自身演变的规律外，与汉代社会的安定、经济的繁荣、国家的强盛是密不可分的。尤其是汉大赋的兴盛，与汉武帝时代恢宏的气势息息相关，是一种时代精神的反映。汉代的繁荣富强造就了汉赋，汉赋也反映出了时代的风貌。从这个意义上讲，汉赋的确可以说是“大汉的颂歌”。

首先，国家的统一富强，为赋家提供了创作的生活基础。

公元前202年，汉高祖刘邦经过长达五年的楚汉战争，战胜西楚霸王项羽，建立了西汉政权。汉初，由于连年的战争，社会生产遭到极大的破坏，国力虚弱，只好采取休养生息的政策。经过几十年发展，到文帝时，社会局面已有很大改观。1972年发掘的湖南长沙马王堆汉墓，墓主下葬的时间在汉文帝时，从墓中随葬品的丰富与奢华程度看，其时的物质已经较为丰富，国力当已十分强盛。到汉武帝时，人口繁衍，经济繁荣，国库充盈，史书上记载，这时国库

◎ 刘邦
（选自明王圻、王思义撰辑《三才图会》）

里的钱用不了，多年下来，串钱的绳子都腐朽了；国都粮仓的米谷，也是新的接旧的，一年接一年地堆积起来；牛马繁殖，遍布大街小巷，如果骑一匹母马去赴宴，别人都不待见。社会风气也十分清明，可谓路不拾遗，夜不闭户。

◎ 素纱禅衣
（湖南长沙马王堆1号汉墓出土）

◎ 彩绘陶鼎
（湖南长沙马王堆1号汉墓出土）

汉武帝本就有好大喜功的毛病，再有这空前的经济实力做基础，就更不加约束地大兴土木，兴建宫殿、苑囿，新建了富丽堂皇的甘泉宫、建章宫等众多的离宫别馆，扩大了上林苑，以供射猎之用。此外，多次巡游天下，还热衷祭祀、封禅之类兴师动众的活动。汉赋的典型作品，是以描写都城、宫殿、游猎等为其主要内容，汉帝国强盛国力保证下豪华奢侈的宫廷生活，是这种创作的基础。舍此，汉大赋便是无源之水。只凭赋家的想象，是难以写出大赋中所描绘的那些宏大场景的。

其次，高昂的时代精神，需要一种张扬的文体。

◎ 汉兵马俑
（江苏徐州狮子山楚王陵 1 号坑出土）
（选自王恺、葛明宇著《徐州狮子山楚王陵》）

凭借雄厚的经济基础，汉武帝在解除国内诸侯王问题后，北驱匈奴，东平朝鲜，南征南越，打通西域与西南夷，大大开拓了帝国的疆域，声威远播。汉朝疆域在武帝、宣帝鼎盛之时，北起河套、阴山山脉，东临大海，东北到朝鲜半岛北部，南达两广、越南北部中部，西南至云贵高原，西北拓展到帕米尔高原，幅员辽阔，堪称空前。

随着汉代政治军事的对外扩展，中外交流也兴盛起来，地理观念改变了，眼界开阔了，民族自信心得以充分提高，人们积极进取，都有一种建大功、立大业、扬大名的雄心壮志，有“苞括宇宙”“并吞八荒之心”，形成了一种所谓的“大汉精神”。这种精神的实质就是胸怀天下、心有古今、崇文尚武的豪迈气概，其表现之一，就是为实现个人理想而百折不挠的勇气和毅力。无论文臣武将，还是匹夫匹妇，这种精神无所不在。这里举几个事例，从中感觉一下这种精神。

汉高祖刘邦40岁左右的时候曾到咸阳服劳役，看到秦皇帝，不禁喟然叹息说："唉，大丈夫就该如此！"当时，刘邦已到中年，他还有取代最高统治者的念头，出口豪言，说明他还具有强烈的进取精神。

◎ "天降单于"瓦当
（1955年内蒙古包头召湾出土）

西汉的陈汤，是山阳瑕丘（今山东兖州东北）人，为人沉勇而喜奇功。建昭三年（前36），他与西域都护甘延寿，率兵攻破长期与汉王朝为敌的郅支匈奴，斩获匈奴诸王将领2000人，大获全胜。在向汉元帝报捷的奏疏中，他慷慨陈词，誓言"犯强汉者，虽远必诛"！这是何等雄壮的话语，真可谓惊天地、泣鬼神，道出了大汉朝的自信和血性，是大汉精神的极佳写照。

家喻户晓的"苏武牧羊"的故事，是大汉精神的另外一种表现。天汉元年（前100），苏武出使匈奴，因其副使参与匈奴内乱而被扣。匈奴贵族多方威胁诱降，都被他严词拒绝。

◎ 铜奔马
（1969年甘肃武威雷台汉墓出土）

苏武被幽禁大窑中，饮食断绝，便吞食雪和旃毛充饥。后又被迁到荒无人烟的北海（今贝加尔湖）边牧羊，只能以野草野鼠为食。在被扣的19年中，虽历尽艰辛，但他始终坚信，能够回到中原，回到汉王朝，因而持节不屈。昭帝始元六年（前81），汉与匈奴和亲，苏武才得以回朝，此时已须发皆白。试想，如果没有超人的毅力，没有对汉王朝的信心与赤诚，如何能度过这非人的漫长岁月。直到东汉，还有班超"投笔从戎"的故事，留下了"大丈夫应当立功在战场"的豪言。

◎ 东汉击鼓说唱陶俑
（1957年四川成都天回山3号崖墓石棺出土）

而文人如司马迁，则以"究天人之际，通古今之变"为己任，虽身遭腐刑，但仍隐忍苟活，终于完成一代史学巨著《史记》，打通了中国3000年历史，在中华历史文化的认同上实现了"大一统"。鲁迅说："遥想汉人多少闳放，新来的动植物，即毫不拘忌，来充装饰的花纹。唐人也还不算弱。例如汉人的墓前石兽，多是羊、虎、天禄、辟邪。而长安的昭陵上，却刻着带箭的骏马，还有一匹鸵鸟，则办法简直前无古人……汉唐虽然也有边患，但魄力究竟雄大，人民具有不至于为异族奴隶的自信心，或者竟毫未想到。”（《看镜有感》）面对这种高昂的时代精神，四言诗已无能为力，铺张扬厉、容量较大的汉赋应运而生已是顺理成章的事了。也只有张扬的汉大赋，才能传达出时代的声音。

第三，帝王的倡导，时俗的爱好。

不能否认，在封建时代，文学的发展变化，与统治者是有很大关系的。汉代的思想文化气氛较为宽松，统治者中出现了不少爱好并提倡文学的人物，其中有武帝、宣帝、元帝、成帝、光武帝、明帝、章帝、灵帝等君主，也有梁王刘武、淮南王刘安等诸侯王。他们对辞赋多情有独钟，不仅自己时有创作，而且招致文士，诱以利禄。上倡下趋，辞赋创作便成为一种社会风气，受人追捧。

汉武帝是最早欣赏并创作汉赋的最高统治者。他不仅写过有名的《秋风辞》，而且爱惜作赋的人才，有两件事足以说明这一点。枚乘，是汉赋名家，汉武帝即位之初，就迫不及待地要把枚乘接到长安来，下令用“安车蒲轮”前去迎接。所谓“安车蒲轮”，就是把大车的车轮上裹上蒲草以防颠簸。可惜的是，枚乘已十分年迈，经不起路上的折腾，死于途中。汉武帝召见司马相如也颇有戏剧性。古代交通不便，信息不畅，著作权意识也不强，汉武帝第一次读到司马相如的《子虚赋》时，以为此文作者早已作古，不禁发出了“朕独不得与此人同时”的感叹，恰巧武帝身边有一个叫杨得意的小官，是司马相如的同乡，便告诉汉武帝此文是司马相如所作。武帝又惊又喜，很快召见了司马相如，并使其成为不离左右的侍从之臣。

汉宣帝也颇好辞赋歌诗，他认为“辞赋大者与古诗同义，小者辩丽可喜”，一改汉武帝对赋作家“倡优蓄之”的态度，对脸皮薄的文人是个不小的激励。在其他诸帝中，汉灵帝尤以思想解放，提倡有力，对汉代辞赋创作产生巨大影响。灵帝嗜好文学艺术，善鼓琴、吹洞箫，执政时多选用在文学艺术上有所擅长者为官，一改以前偏重经学之士的风气，形成了“诸生竞利，作者鼎沸”的盛况。光和元年（178），汉灵帝还在洛阳鸿都门设立“鸿都门学”，集中了各地推荐的辞赋、书画等方面人才千余人。鸿都门学士以辞赋创作等，在当时很受宠幸，曾被授爵加赏，甚至其中32人还受到画像立赞的崇高荣誉。以如此力度提高文人的地位，前所未有，这大大促进了文学创作的繁荣。

另外，汉赋的兴盛，与汉代文字学的发达也不无关系。汉大赋的特征之一是喜用古字、僻字，尤其是联边字的使用，增加了文章的视觉美，但这些都需要大赋作者具备坚实的文字学功底。而汉代字书确实发达，大赋作家多精通文字学，司马相如、扬雄、班固都是当时著名的文字学家。扬雄有一部文字学著作《方言》传世，司马相如的《凡将篇》《急就篇》也是当时童蒙的识字读本，权威性的文字学专著《说文》《尔雅》也均出现在汉代。这种现象的出现并非偶然，它对汉赋的兴起与兴盛也起了一定的促进作用。

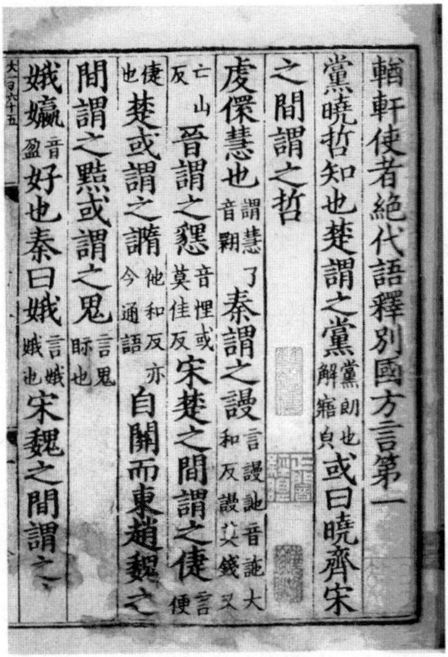
輶軒使者絶代語釋別國方言第一
黨曉哲知也楚謂之黨黨朗也解寤皃或曰曉齊宋
之間謂之哲
虔儇慧也謂慧了音翾秦謂之謾言謾訑音訑大和反謾莫錢又
亡山反晉謂之㥸音悝或莫佳反宋楚之間謂之倢言便
倢也楚或謂之𧬈他和反亦今通語自關而東趙魏之
間謂之黠或謂之鬼言鬼眎也
娥㜲音盈好也秦曰娥言娥娥也宋魏之間謂之

◎《方言》书影
（国家图书馆藏宋庆元六年浔阳郡斋刻本）

总之，作为一代之文学的汉赋，其大兴于汉代，是时代的机缘，是汉代社会土壤上长出的一朵奇葩。而一篇篇绚烂华丽的赋作，也恰好是大汉威仪的一首首颂歌，成为我们体味大汉精神的最佳途径之一。当代美学家李泽厚就说：“汉赋实际上是处在上升时期的积极有为的统治者直观地创造世界的伟大业绩的产物，是对汉帝国的繁荣发展所创造出来的美的世界的再现和赞颂，洋溢着宏阔明朗的信心和力量。”（《中国美学史》第一卷）

（三）汉赋发展的几个阶段

汉赋的发展，大体上可以分为四个阶段，每个阶段都有各自的特点。

第一阶段，自汉高祖刘邦建汉之初至汉武帝初年，约60余年。这一时期的辞赋，主要仍是继承《楚辞》的传统，流行的是“骚体赋”。当时大汉初定，百废待兴，如何迅速疗救秦末动乱造成的社会创伤，积极发展生产，恢复经济，是统治者面临的最为紧迫的任务，因而在思想文化上禁锢不严，儒家思想尚未占据统治地位。当时分封在各地的诸侯王招贤纳士，著书立说，文化思想比较活跃。纵横之士和政论作家都加入辞赋创作的队伍中来，像贾谊这样的朝廷命官和邹阳、枚乘一类的诸侯王宾客，构成了汉初辞赋作家主要的创作群体。汉初辞赋今存200余篇，内容不外乎三种：一是抒发作者的政治见解和身世感慨之作，如贾谊的《吊屈原赋》；二是咏物之作，如邹阳的《几赋》、羊胜的《屏风赋》等；三是叙事之作，如枚乘的《七发》。这其中以抒情写怀之作最为突出，代表了骚体赋的成就。在形式上，骚体赋也初步向汉大赋转变，枚乘的《七发》标志着汉大赋的成熟。

第二阶段，自汉武帝初年至宣帝时期，也就是西汉中期，这是汉赋发展史上最为辉煌的时期。《汉书·艺文志》著录的汉赋有900余篇，作者60余人，大部分都属于这一时期，赋家辈出、题材丰富，成为汉大赋鼎盛的两个重要标志。在喜好辞赋的汉武帝、汉宣帝的激励下，一批文人聚拢到宫廷中来，形成了中国文学史上较早的一个文人群体。他们的创作情况，《汉书·艺文志》有详细记载：朱买臣有赋3篇，吾丘寿王有赋13篇，司马相如有赋29篇，枚皋有赋120篇，严葱奇有赋11篇，倪宽有赋2篇，严助有赋35篇，司马迁有赋8篇。另外，像主父偃、徐乐、严安、终军等，也都记载了他们的著述。从这些数字可以看出当时辞赋创作的盛况。从流传下来的作品看，西汉中期散体大赋，多数集中在畋猎和郊祀两个方面，内容多是描写汉帝国威震四方的国势，新兴都邑的繁荣，水陆产品的丰饶，宫室苑囿的富丽，以及皇室贵族田猎、歌舞时的壮丽场面等。虽然这些赋作也都有讽喻劝谏的目的，但它们更多的是起到了“宣汉”的作用，反映了西汉帝国强盛时的赫赫声威。

第三阶段，从公元前48年汉元帝即位起，至公元88年东汉章帝去世为止，共136年，辞赋创作仍以散体大赋为主，但已开始逐步向抒情化方向发展，《子虚赋》《上林赋》成为这一时期众多作家创作的共同模式，其作品无法越出其范式，创造力明显不足，模拟前代赋家之风大盛，因此也有人将这一阶段称为汉赋模拟期。这一时期的代表作家是扬雄和班固，他们因为有多方面的文化修养和才能，赋作还有自己的特点，尤其是班固的《两都赋》开创了京都大赋的先河，也为后世所效仿。

第四阶段，自东汉中叶至东汉末年，属于赋风的转变时期。东汉中叶以后，宦官外戚争权，政治日趋腐败，加以帝王贵族奢侈成风，横征暴敛，社会动乱频仍，民生凋敝。迫害文人的党锢之祸不断发生，文人们失去了奋发扬厉的精神，已无“润色鸿业”的可能和热情，失望、悲愤，乃至忧国忧民的情绪，成为他们思想的基调。这种社会的变化，使汉赋在思想内容、体制风格等方面都有所转变，歌颂国势声威、美化皇帝功业、专以铺采摛文为能事的大赋逐渐减少，而反映社会黑暗现实、讥讽时事、抒情咏物的短篇小赋开始兴起，抒情小赋成为赋体创作的主流。这时兴起的小赋，不仅完全以抒情为中心，而且往往带有尖锐的批判性，直接反映了时代的脉搏。

在接下来的几章中，我们就按这几个阶段，据历史的线索，对汉赋的发展及其代表性作家作一详细的介绍。汉献帝建安之后，文学进入了一个新的发展时代，文学史上一般将这一段归入魏晋南北朝文学，这里也作如是处理，不再单独介绍。

壹

赋体物而浏亮

——赋的文体特征与渊源流变

在全面了解汉赋之前，我们有必要先搞清楚，作为一种文学体裁，赋在文体上有什么特点，它与其他文体的区别何在，汉赋又分为哪几种。

(一)铺采摛文，体物写志——赋的含义及文体特征

从字源上看，“赋”是一个会意字。东汉许慎《说文解字》以为：“敛也，从贝，武声。”清代学者段玉裁作《说文解字注》，他认为：“《周礼·大宰》：‘以九赋敛财贿。’敛之曰赋，班之亦曰赋，经传中凡言以物班布与人曰赋。”据此可知，赋的本义与财富有关，战争需要消耗大量财物，需要“敛”，就是收税，同样，战争也能掠夺到财物，分配以武力夺取的财物，也是“赋”。但“赋”的这层含义，与作为文体的“赋”相距甚远，它是如何转换的呢？

作为诗赋之“赋”的这个词，当是假借字，本字大概是“尃”，《说文解字》解释为“布”，布有陈述之义。用赋而不用“尃”，可能是“尃”义引申后声调发生了变化。赋借“尃”，所取的是其“陈述”“铺陈”之类的意义，而铺排正是作为文体的“赋”最为明显的特征之一。现在，如果不是在特定范围内，“赋”一般是在文体的意义上被使用。在先秦时期，作为一个与文学相关的语词，“赋”的基本含义主要有两个。

其一，“不歌而诵。”

春秋时期是一个所谓的贵族时代，礼不下庶人，文化资源被贵族阶级垄断，他们有自己的一套生活方式，“赋诗言志”便是流行于上层社会的一种特殊风气。诗就是后世所谓的《诗经》，是我国最古老的一部诗歌总集，在先秦时称《诗》或《诗三百》，汉武帝“独尊儒术”以后，被冠之以“经”，才有了《诗经》的名字。《诗经》是配乐演奏的乐歌，到后来音乐失传，就只用其辞而不用其乐。赋就是不配乐歌唱，而口头朗诵，所谓“讽读口诵”。这种吟诵，虽然不同于乐曲相配的弦歌，但仍需讲究声调的抑扬和节奏的缓急，注重声音的乐感。

当时，诸侯、士大夫在各种社交活动中，会议宴请揖让之时，必命乐工唱《诗经》，其目的是断章取义，微言相感，借以陈述个人的思想、愿望、抱负等。尤其是在外交场合，各国使臣表达一国的某种策略或要求，往往并不直言其事，而有意采用唱诗、诵诗的方式，委婉表达自己的诉求，彼此心领神会，交往文雅而含蓄。据《左传·僖公二十三年》记载，秦穆公招待流亡到秦国的晋公子重耳，宴会上，重耳赋《河水》，秦穆公赋《六月》。《河水》之名不见于今本《诗经》，但一般认为它就是《诗经》中的《沔水》。《沔水》篇前两句为“沔彼流水，朝宗于海”，喻义秦国如海，晋国如流，晋国心归秦国。而《六月》则是歌颂尹吉甫辅助周宣王北伐获胜的诗，秦穆公以此隐喻重耳必能回到晋国，执掌大权，称霸诸侯，以匡辅天子。

其二，“赋之言铺。”

在先秦，赋与文学有关的另一种含义，是指直言铺陈的表现手法，这是《周礼》最先归纳出来的。《周礼》是一部记载周代礼仪制度的典籍，该书《春官·大师》说，大师“教六诗，曰风、曰赋、曰比、曰兴、曰雅、曰颂”。在“诗六义”中，风、雅、颂是指《诗经》的分类，赋、比、兴是指表现手法。作为一种表现手法，赋就是铺陈直说，东汉郑玄说：“赋之言铺，直铺陈今之政教善恶。”汉末刘熙在《释名》中也说：“敷布其义谓之赋。”在这一点上，古今学者大致没有什么异议。

赋，作为一种文体出现，已经是战国后期的事了。从现有资料看，最早创作赋体作品并以赋名篇的是荀子。荀子（约前313—前238），名况，字卿，因避西汉宣帝刘询讳，又称孙卿。他是著名的学者，曾三次出任齐国稷下学宫的祭酒，“最为老师”，深受时人尊敬。荀子对儒家思想有所发展，主张“性恶论”，常被与孟子的“性善论”比较。据记载，荀子有赋作10篇，流传至今的有5篇，

◎ 荀子

都收在《荀子》一书中，统名为《赋篇》。《赋篇》已经具备了后世赋体的最基本的特征，它的出现，标志着赋体的确立。

作为一种文学体裁，赋究竟有哪些特征，与其他文体有何区别和联系？这个问题，历代学者也是众说纷纭，从各自的角度提出过很多看法。归结起来，大致有以下几种主要观点：

一是认为赋出于诗，与诗同类。此说最早出自东汉班固，他在《两都赋序》中说："或曰：赋者，古诗之流也。"班固强调赋与诗相通，其着眼点还在于汉赋所具有的讽喻功能。班固所说的"古诗"，主要是指《诗经》。在汉代经师眼中，《诗经》是教化的工具，他们认为《诗经》中的作品无非两大类，一类是"美"，就是赞扬；一类是"刺"，就是讽喻、劝谏。典型的汉大赋结尾都缀上一个尾巴，对帝王加以劝谏。就此一点看，赋与诗精神上有相通之处。就文体论，把赋看作诗的支流，强调了赋有韵的一面，直到今天，这一观点还有很大的影响力，依然有不少学者认为，赋具有诗的主要的和基本的性质，是诗的一种，是诗的延续，是叙事描写的诗。

二是认为赋"不歌而诵"。此说也自于班固。他在《汉书·艺文志》中论述赋的渊源流变时说："传曰：不歌而诵谓之赋。"先秦时期，诗、乐一体，诗都是可以合乐歌唱的，而赋则只能诵读。这种说法部分地道出了诗、赋的区别。范文澜在《文心雕龙注》中说："窃疑赋自有一种声调，细别之与歌不同，与诵亦不同。"此说极有见地，先秦古籍上对

“歌”“诵”“赋”的区别分得很清楚，只可惜前人文字记载不很明确，我们无从知道得更详细。

三是认为赋是一种以铺陈为主要特色的文体。此说以刘

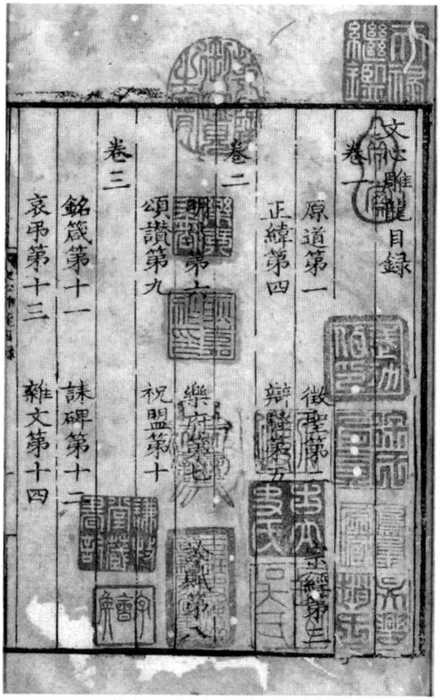
文心雕龍目錄
卷一
原道第一　徵聖第二
宗經第三
正緯第四　辨騷第五
卷二
明詩第六　樂府第七
詮賦第八
頌讚第九　祝盟第十
卷三
銘箴第十一　誄碑第十二
哀弔第十三　雜文第十四

◎《文心雕龙》书影
（明弘治十七年冯允中刊本）

勰为代表。刘勰是南朝梁时文学理论家，所著《文心雕龙》是中国文学批评史上著名的文学批评著作，其中《诠赋》一篇专门探讨赋。他说：“赋者，铺也，铺采摛文，体物写志也。”意思是说，赋是铺叙，铺叙辞藻，创作文辞，体察物象，抒写情志。这种说法，确实道出了赋在内容及形式上的一些特点。作

为一种文体，赋的基本特征首先在于描写上注重铺陈，在叙事状物和遣词造句两个方面注重铺陈夸饰，这一点以汉代的散体大赋最为典型，那些描写校猎、京都等的赋，描写起来都是不厌其详，面面俱到，尽量把描绘的事物写得宏丽壮阔，出人意料。

四是认为赋非诗非文，亦诗亦文。这是从文体学角度对赋所作的界说，清代开始便有此说，近现代不少学者都认同这一观点。从赋本身看，它讲究声韵的谐和与形式的整饬，像诗歌；它句型自由，无格律的严格限制，如散文；它既是书面文学，又能诉诸口诵；它既可以用来状物叙事，又可以用于抒情说理，兼有诗歌与散文的表现功能。

文体与文体之间的区别不是水火不容的，它们的交叉和影响也显而易见，上述种种说法，各有各的道理，侧重强调了赋在某一方面的特征，如果综合起来看，我们就更能全面地了解赋的特点。总之，我们可以这么认为，赋是一种独立的文学样式，它介于诗歌与散文之间，兼有诗与文的双重特点，是两者间的综合性文体，非诗非文，亦诗亦文，韵散兼行，不歌而诵，是中国古代特有的一种文学体裁。

说到赋，我们就不能不说一说它与“辞”的关系。习惯上，辞、赋常常连称，组成一个词“辞赋”，但两者既有联系，又有区别。从文体上讲，辞、赋同属广义上的赋，所以没有区别；从文章渊源上讲，赋又源于辞，体式上相承，但精神上却有所不同，故此又有异。

作为两种文学体裁，辞与赋都最先出现在战国时期的楚国。辞，即楚辞，是汉代人对以屈原为代表的楚地作家创作的称谓；赋，作为文体，在战国晚期形成，大盛于汉代，所以有汉赋的专称。在汉代，辞、赋往往连称，或混称，混言时并无区别，如司马迁就说到“会景帝不好辞赋”（《史记·司马相如传》），班固也说“辞赋大者与古诗同义”（《汉书·王褒传》）。但具体而言时则有差异，司马迁在《史记·屈原列传》中说：“屈原既死之后，楚有宋玉、唐勒、景差之徒者，皆好辞而以赋见称。”总的说来，西汉时虽然将“辞赋”并称，但二者的区别人们还是清楚的，辞是指楚辞，赋是指赋体作品。西汉末年，刘向编辑《楚辞》时，收录的除他认为是屈原的作品外，宋玉只收《九辨》和《招魂》，汉代人的作品，收的都只是模拟楚辞之作，说明他对于辞与赋的区分，标准是很分明的。到东汉，班固在《汉书》中多次以赋称辞，在该书的《艺文志》中，也将辞与赋混编在一起，统称为赋。从此以后，有的以赋称辞，有的以辞称赋，辞、赋不分，从某种意义上讲，造成了一定的混乱，也导致了后世关于辞、赋是否有别的争论。

从文体上看，楚辞属于诗，以抒情为主；赋，虽然也间有韵语，但总体上说散文的成分多些，最初以叙事状物为主。另外，赋不仅可以称为辞，也可以称为颂。在汉代，颂是赋的别名，是赋的一个组成部分。但东汉以后，颂逐渐摆脱赋、颂之间的模糊界限而走向独立。

（二）原本《诗》《骚》，出入战国诸子——赋的渊源流变

木有本，水有源，像任何事物一样，赋也必定有自己的渊源，有一个发展演变的过程。赋的起源，是赋学研究中一个十分热闹的话题，但同时也是一个纷纭复杂的问题，历来众说不一。总地说来，比较有代表性的说法，大致不外以下四种：《诗经》渊源说、《诗经》《楚辞》渊源说、诗骚诸子渊源说和隐语渊源说。

《诗经》在春秋时期就已广为流传，汉武帝“独尊儒术”以后，成为天下之“经”，影响极大。汉代学者在前人基础上，进一步总结了《诗经》的所谓“六义”，“赋”是其中之一。宋代朱熹解释赋的含义说：“赋者，敷陈其事而直言之者也。”作为与“比”“兴”并列的文学表现手法，赋就是直说，不绕弯子，也有铺排的意味在里面。如《诗经·卫风》中有一首《硕人》，描写女性之美，便通篇用赋的手法：“硕人其颀，衣锦褧衣。齐侯之子，卫侯之妻。东宫之妹，邢侯之姨，谭公维私。”“手如柔荑，肤如凝脂，领如蝤蛴，齿如瓠犀，螓首蛾眉，巧笑倩兮，美目盼兮。”这是该诗的前两章，可以看

出，为了写硕人，诗的作者直抒胸臆，不厌其详，从各个方面加以描写，突出其出身的高贵和美艳，这与汉赋铺陈的特点是相通的。又如《大雅·生民》叙述周族始祖后稷降生的过程等，都大量运用了铺陈的手法，类似的例子在《诗经》中相当多。这种手法被辞赋继承过去，发展成为自己语言表现方面的主要特征之一。此外，从形式上看，汉代散体赋的韵文多用四言句式，与《诗经》以四言为主的格局相似，由此也能看出二者之间的渊源关系。

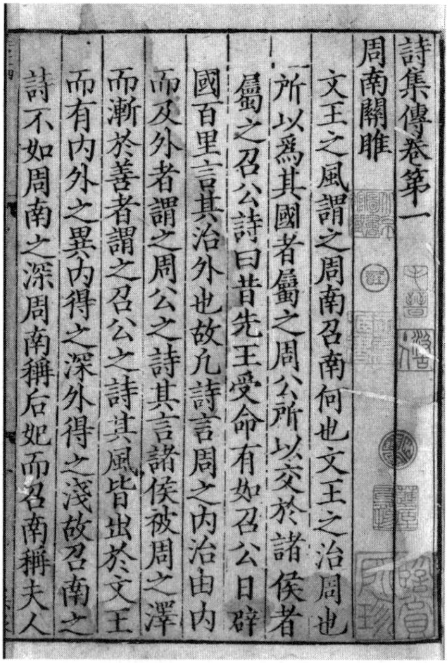
詩集傳卷第一
周南關雎
文王之風謂之周南召南何也文王之治周也
所以爲其國者屬之周公所以交於諸侯者
屬之召公詩曰昔先王受命有如召公日辟
國百里言其治外也故凡詩言周之內治由內
而及外者謂之周公之詩其言諸侯被周之澤
而漸於善者謂之召公之詩其風皆出於文王
而有內外之異內得之深外得之淺故召南之
詩不如周南之深周南稱后妃而召南稱夫人

◎《诗集传》书影

（苏辙著，南宋淳熙七年苏诩筠州公使库刻本）

战国时期，各国纷争不断，有一批知识分子奔走于各国之间，推销、贩卖自己的主张，产生了以苏秦、张仪为代表的纵横家。纵横家活动的对象是诸侯，他们的目的很明确，就是为了说服、打动诸侯，让诸侯赏识并接受他们的主张，从而猎取卿相之尊，获得功名利禄。要达到这一目的，除了研究自己的主张、诸侯心理外，在表达上也要有相当的语言技巧，因此纵横家们需要煞费苦心地去刻意追求语言效果，以加强语言的气势和说服力，而铺排和夸张的辞令容易造成打动人心的气势。于是，铺张扬厉、恢廓声势的风格也就成为纵横家散文的突出

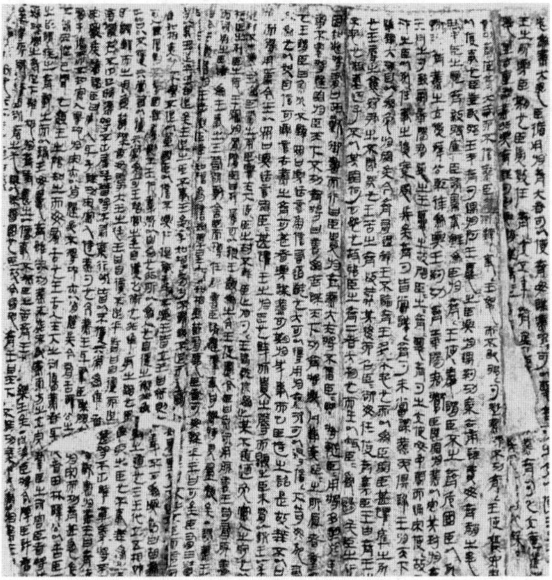

◎ 帛书本《战国纵横家书》
（湖南长沙马王堆 1 号汉墓出土）

特点。纵横家们的言论主要集中在《战国策》一书中。《战国策》记录的这些纵横捭阖之辞，辩丽恣肆，特色鲜明，后世的赋作，尤其是汉代的一些大赋，在精神上、气势上，接受了这种影响，成为赋的又一源头。清代学者章学诚说："古之赋家者流，原本《诗》《骚》，出入战国诸子。假设问对，《庄》《列》寓言之遗也；恢廓声势，苏张纵横之体也。"（《校雠通义》）章氏成为持此观点的代表。

赋的产生与隐语（即谜语）也有一定的关系。隐语，本是民间的一种俗体，《周易》爻辞中就保存了不少隐谜。如《易·明夷·上六》中的"不明，晦，初登于天，后入于地"，原是形容太阳。春秋之前，隐语流行于下层社会，春秋、战国时期，传入宫廷，成为策士论说，以至作为俳优取乐、善辩的一种辞令。司马迁在《史记》中就记叙了伍举利用隐语来劝诫君主的故事。据《汉书》记载，先秦时还有"《隐书》十八篇"，此书虽已亡佚，但从书名中我们可以知道该书的性质，这说明战国时的文人已专注隐语的写作。荀子大约正是借鉴了隐语的形式及语言特点，创作了《赋篇》。

荀子的五篇赋第一次以"赋"的名称出现，每篇描写一件事物，但不直接说出所咏之物的名称，而是以两人对答的形式，对所咏之物的特征进行铺叙，末尾点出谜底。这种问答的形式和铺叙手法，以及有韵有散、亦诗亦文的写法，影响到后世赋的基本形式。所以，《赋篇》的出现，不仅标志着赋体的确立，也奠定了后世赋体的创作基础，在赋体发展史上，确有开创之功，刘勰《文心雕龙·诠赋》将荀子列为十大辞赋家之首，原因正在于此。

另外，荀子继承“诗言志”的传统，运用《赋篇》托物言志。如《箴》，主旨就在于讽喻君主不应慢待贤臣志士。所以，班固在探讨赋的起源时就说：“大儒孙卿……皆作赋以风，咸有恻隐古诗之义。”荀子的赋虽然是我们今天能见到的最早以赋名篇的，但可以推想，这种文体也并非是他凭空创造的，在他之前民间一定会有类似的文艺形式，作为战国时期的一位大思想家，他善于吸收并加以改造，创作出了自己的《赋篇》，应该说荀子的作品更像是“流”，而不是“源”。

在先秦，与赋关系最为密切的还是楚辞。楚辞是战国后期产生于楚国的一种新诗体，开创者是伟大的诗人屈原。楚辞“书楚语，作楚声，纪楚地，名楚物”，具有浓厚的地方色彩。在汉代，通常将“楚辞”称为“赋”，如《汉书·艺文志》有“屈原赋二十五篇”。宋玉是屈原之后著名的楚辞家兼赋家，《汉书·艺文志》记载有“宋玉赋十六篇”。这16篇包括了辞与赋两类，今天能够看到的题名宋玉的赋作有10篇，如《风赋》《高唐赋》《神女赋》《登徒子好色赋》等。从其中较为可靠的几篇看，它们在体制、风格和语言上都与楚辞有较大差异，而和汉赋非常相近。在语言句式上，他既用四言，也兼用五言、六言、七言以至八言，又多用楚辞句式；在表

◎ 屈原
（选自明王圻、王思义撰辑《三才图会》）

现手法上，采用夸张铺排、穷形尽相的正面描写；在结构上，把对问与赋的正文分别开来，使对问既充当引子，又充当序言，说明作赋的缘由。所有这些，为后来汉赋的体制形成和创作奠定了基础，实现了“与诗划境”。文学史上“荀、宋”并称，就是指他们对于赋体文学所做的开创性的贡献。

总之，一种文体的产生以至成熟，绝非一朝一夕之事，也不可能只是受某一方面的影响，因此，我们认为，赋的出现与《诗经》、隐语（即谜语）、战国纵横家之言以及楚辞等先秦文学现象，都有密不可分的联系，是在全面吸收这些文体铺排、藻饰等特点的基础上，逐步发展成熟起来的一种崭新的文体。

赋到汉代发展成熟，并达到高峰。汉代以后，在不同时代风潮的影响下，赋的内容和形式，又都发生了一些变化，经历了几个阶段，呈现出不同的特点，文学史著作一般将其分为古赋、骈赋、律赋和文赋四种。

古赋，主要指产生于两汉的辞赋。所谓“古”，一方面是指它产生的时代较早，另一方面，也是相对于后世讲求对仗、声律的俳赋、律赋而言。其具体特点，我们将在下一节中详加论述。

骈赋，又称俳赋，开始于魏晋之后，盛行于南北朝，是在古赋基础上发展演变出来的一种新的赋体。它最主要的特点就是：追求文字上的工整对仗、音节上的轻重协调，句子讲究对偶、用韵，并且多用“四六”句式；重视辞藻的华丽和典故的运用；题材上也较汉赋扩大了很多，不局限于宫殿、山川、京都，反映社会生活的方面更加广阔，登临、凭吊、悼亡、伤别等题材的赋都出现了。篇幅短小者成为主体，抒情成分增多，出现不少文笔生动、骈而不滞的佳作，如谢庄的《月赋》、江淹的《别赋》《恨赋》、庾信的《哀江南赋》《小园赋》等。

律赋，是在六朝俳赋基础上演变出来的新赋体，在唐代用作科举考试的科目，因而又称“试赋”。律赋实际上是俳赋骈偶特点的极端化，它在辞藻、对偶、用典的要求上，与骈赋差别不大，但在押韵上的限制却很严格，要以所限韵字押韵，不能随意。除命题作赋外，律赋的写作限定八个韵脚，一般不得超过四百字，局限性极大。因此，虽然律赋数量很大，是现存唐赋中最多的一体，但由于它是读书人追求功名利禄的工具，文学成就并不高。直到晚唐，有些作家跳出科举的束缚，才使律赋在题材和主题方面发生了变化，出现了一些可喜之作。

文赋，是在唐宋古文运动的影响下出现的，开始于中唐。随着古文运动的兴起，赋的散文因素增加，逐渐突破了俳赋骈偶对仗的限制，句式变得参差错落，用韵也较自由，越来越接近于文。唐宋时期有名的文赋作者，也多是当时的古文家，如欧阳修、苏轼等。文赋不但是赋体语言的一次革新，也带来了赋的艺术表现手法的一些变化，它用白描的手法、平易清新的语言来抒情、议论、创造鲜明的意境，出现了不少自然流畅、情真意切的作品，像李华的《吊古战场文》、杜牧的《阿房宫赋》、苏轼的《赤壁赋》、欧阳修的《秋声赋》等，都是脍炙人口、传之久远的名篇。

除律赋、文赋外，唐代还出现了一些用口语化的通俗语言写成的俗赋，这是清末从敦煌莫高窟藏经洞中发现的。它们主要流行于下层社会，有别于汉魏六朝的文人赋。俗赋语言较通俗，方言俗语均可入赋，铺陈敷衍的故事情节更完整连贯，生活气息浓厚，描绘人物情感细腻真挚，音调铿锵，朗朗上口，反映了唐五代民间说唱艺术的发展成就，对后世文学如宋元话本等，产生了一定的影响。

上述几种类型，只是为表述方便而划分的，我们应当知道，赋体的发展演变是极为复杂的文学现象，远不是几个概念就能说清楚的，它们前后相继，彼此影响，但都统归于“赋”这一棵大树之下，成为中国文学史上特性鲜明的一种文学样式。

（三）汉赋的几种类型

现在我们所说的汉赋，按照构成赋体形式的语言结构，还有骚体赋、散体大赋和小赋之分。从广义上讲，汉赋包括上述三种赋，但一般情况下说到汉赋，通常是指汉大赋，这是两汉最为盛行的文体。

所谓骚体赋，是指在体制上极力模仿楚辞并且以赋名篇的作品，主要产生在西汉初年。它采用楚辞的文体形式，以“兮”字句作为基本的句型，如汉初贾谊的《吊屈原赋》云：“恭承嘉惠兮，俟罪长沙。侧闻屈原兮，自沉汨罗。造讬湘流兮，敬吊先生，遭世罔极兮，乃殒厥身。呜呼哀哉！逢时不祥。鸾凤伏窜兮，鸱枭翱翔。阘茸尊显兮，谗谀得志；贤圣逆曳兮，方正倒植……”[1]这是比较典型的骚体赋句式。在名称上，骚体赋还必须是以“赋”作为篇名，因为骚体赋兼有骚（楚辞）体和赋的双重特征，它属于赋的范畴，却是骚体的形式，与骚体有不可分割的联系，仅仅从文体形式上区分二者，几乎不太可能。例如，贾谊的《惜誓》与《吊屈原赋》，两者句式、手法大致相同，前者被收录在《楚辞章句》中，后者因为以赋名篇，成为汉代骚体赋最早的一篇作品，而未能列入骚之列。整个汉代，作骚体赋者不乏其人，这主要与它的另一个特性有关，即抒情性。骚体赋是从战国时期楚辞中脱胎而来的一种新的体裁，它在继承楚辞形制句式的同时，也继承了楚辞抒写悲怨之情的传统，成为汉代士人抒发哀怨的最佳方

---

[1]　本书所引汉赋原文，以费振刚先生等辑校《全汉赋》（北京大学出版社 1993 年版）为准，下同，不再一一注明。

式。汉代骚体赋主要集中在悲士不遇、悼骚寓志等方面，如董仲舒《士不遇赋》、司马迁《悲士不遇赋》等，都是这方面的佳作。

所谓小赋，是相对于动辄千言的大赋而言的。它一般不采用韵、散间出的结构，而是通篇押韵的韵文；句式有的是单一的四言，有的是四言为主，并用三言、六言、七言。小赋的内容大致有两类，一类专咏一物，称咏物小赋，产生于西汉。西汉咏物小赋题材比较广泛，现存如刘安《屏风赋》、贾谊《簴赋》残篇等。东汉咏物小赋就更多了，如班固《竹扇赋》、张衡《扇赋》、王逸《荔枝赋》等。另外一类以抒情为主，称抒情小赋，产生于东汉。侧重抒情的小赋早在西汉时期就有，但终未形成大的影响，东汉中叶以后，才渐渐取代大赋而成赋体创作的主流。在辞赋发展史上，往往把东汉末年看作小赋的形成期，但实际上，在西汉中期散体大赋极盛之时，赋作中的抒情化也并未绝迹。

大赋，也称"新体赋""散体大赋"。两汉是大赋最为兴盛的时代，两汉及以后很长一段时间，人们谈到汉赋自觉不自觉中便以大赋为中心，散体大赋也就成为汉赋的代称。刘勰在《文心雕龙·诠赋》中所言"铺采摛文，体物写志"，精练而准确地概括了散体大赋在内容和形式上的特质。"体物写志"是指散体大赋内容的特点，"体物"就是状物；"铺采摛文"指汉大赋在艺术表现上的特点。

铺张扬厉，踵事增华，是汉大赋最为基本的特点。汉赋的铺排，首先表现为内容布局的铺叙，它以描写宫殿、狩猎、都城等宏大事物为主，通过想象、夸张、类比，极力铺叙，面面俱到，以求穷形尽相。如《子虚赋》中描写楚国云梦泽，就将所写对象从上下左右、东南西北各个角度详尽地表现出来，这就是司马相如所说的“一经一纬，一宫一商”。其次，是写法上的铺陈。汉大赋通过大量使用排比、对偶等手法，组织文辞，层层铺叙，造成波澜壮阔的场面、雄厚充沛的气势。著名的《两都赋》《二京赋》都是以内容上的铺叙见长。

在形式上，典型的汉代大赋多采用主客对话的方式构成。赋文前面往往有专门的序言，来说明创作的缘故和主旨。赋文本身则分为首、中、尾三部分。首，起的是引子的作用，一般是通过赋中人物简单的对话，介绍赋中人物问对的缘由。中间部分，是作品的主体，一般由赋中假设的主或客的高谈阔论构成。结尾也有相对固定的模式，在主客问答的赋中，必以一方向另一方的诚服而告终。

整齐押韵，易于诵读，是汉赋形式上的又一特点。汉代大赋的韵、散构成，就问答体而言，一般首、尾用散文，中间用韵文。非问答体则首（以序代首）用散文，中间、结尾用韵文。韵文以四言、六言为主，杂以三言、五言，以及更长的句子，而且，也常常使用“兮”字句。在节与节之间，多用散文性质的连接词。

汉大赋文采华丽，辞藻丰富，“写物图貌，蔚以雕画”，这是其语言上的显著特点。两汉大赋尤其是骋辞大赋，除多用古僻怪字外，另一个引人注意的文字现象是，利用中国方块字的构造特点，排列堆砌字意相近、字形相似的词句，在视觉上造成一种铺排的效果。这些半字同文罕见、怪特的字，有人称之为“联边字”。如司马相如《上林赋》中形容长安“八川分流”的一节文字，就用了很多“水”字旁的字，如“汹涌彭湃，滭弗宓汩，偪侧泌瀄，横流逆折，转腾潎洌，滂濞沆溉”等。这些字与汉赋俱生并来，是构成汉赋诡奇风格的一个重要因素。

从赋所表现的内容看，又可分为多种，南北朝梁萧统所编《文选》将赋分为15类，分别是：京都赋，如班固的《两都赋》、张衡的《二京赋》；郊祀赋，如扬雄的《甘泉赋》；耕籍赋，如潘岳的《籍田赋》；畋猎赋，如司马相如的《子虚赋》《上林赋》、扬雄的《羽猎赋》《长杨赋》；纪行赋，如班彪的《北征赋》、班昭的《东征赋》；游览赋，如王粲的《登楼赋》；宫殿赋，如王延寿的《鲁灵光殿赋》；江海赋，如木华的《海赋》、郭璞的《江赋》；物色赋，如宋玉的《风赋》、潘岳的《秋兴赋》；鸟首赋，如贾谊的《鹏鸟赋》；志赋，如班固的《幽通赋》、张衡的《归田赋》；哀伤赋，如司马相如的《长门赋》；论文赋，如陆机的《文赋》；音乐赋，如王褒的《洞箫赋》、傅毅的《舞赋》；情赋，如宋玉的《高唐赋》《神女赋》等。这些类型，汉赋基本上都已齐备。

贰

楚骚有遗韵

（一）休养生息，曹规萧随——汉初社会与骚体赋

西汉初期，一般是指刘邦建汉到汉武帝即位这段时间，大约90年，历经汉高祖、汉惠帝、汉文帝、汉景帝四帝。在汉赋发展史上，这一时期是骚体赋的兴盛期，同时，也是汉大赋的孕育成熟期。这与当时的社会、文化状况密切相关。经过几百年的战国分裂及秦末动乱，汉代立国后，休养生息成为最主要的任务。在此政策之下，政治、经济、文化等方面，呈现出几个明显的特征，对辞赋的发展产生很大的影响。

1. 休养生息

在政治上，汉初实行无为之治，黄老思想占据了主导地

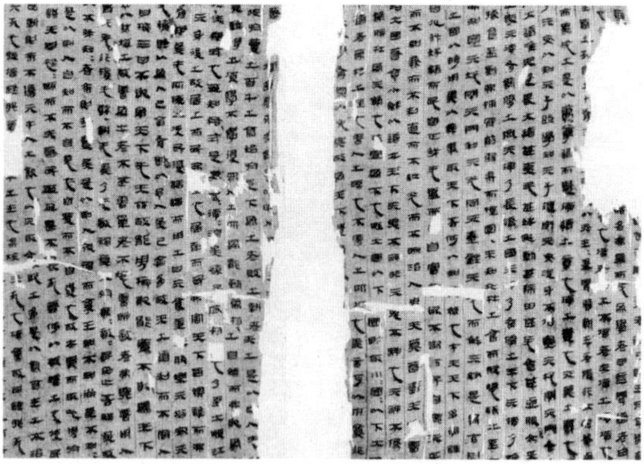

◎ 帛书《老子》乙本
（湖南长沙马王堆3号汉墓出土）

位。秦是在结束400多年战乱不休的战国时期后统一全国的，可惜的是，秦国没有给百姓带来安定的生活，其残暴统治很快激起了人们的反抗，导致陈胜、吴广起义，进而陷入农民战争的海洋，并最终土崩瓦解。接着，便是楚汉战争，刘邦与项羽进行长达四年的你争我夺的争斗，后以刘邦的胜利告终。长期的战乱，使生产力受到极大的破坏，社会经济凋敝，农民大量流亡，不得耕作，还有农民为生活所迫，只好卖妻鬻子，或自卖为奴。在城市，人口减少，商业萧条，投机商人囤积居奇，物价飞涨，米一石值万钱，马一匹达百金。史书上记载，当时就连皇帝坐的车子也配不齐四匹颜色相同的马，有的将军、宰相还要乘坐牛拉的车，平民百姓都没有储藏的粮食。面对这种残破的局面，汉初统治者不得不把恢复农业生产，稳定社会秩序作为首要任务，采取了一系列措施，约法省禁，轻徭薄赋，无为而治。

与政治上的清静无为相联系，在思想上，汉初黄老之学盛行。所谓黄老之学，因尊奉传说中的黄帝和春秋末期老子为创始人而得名。它继承、改造了老子“道”的思想，认为“道”作为客观必然性，“人皆用之，莫见其形”；在社会政治领域，强调“道生法”，主张清静、因循，认为君主应无为而治，轻敛薄赋，不要侵夺民时。黄老思想的实质，是道家和法家思想的结合，并兼采阴阳、儒、墨等诸家观点而成的一种新的道家思想。它产生于战国时期的齐国，到了战国后期至西汉初期，其研究中心由稷下学宫转移到了齐国的高密、胶西地区，并逐渐西传。汉初，黄老之学十分兴盛，汉惠帝时齐丞相曹参特意用厚礼将精通、传播黄老之学的盖公请到相府。曹参为相15年，举凡一切措施，都沿袭萧何辅佐刘邦的成规，没有一点改变，确实也做到了清静无为。

在文化上，因社会经济亟待恢复，统治者无暇建立文化专制政策，学术思想亦相对自由。加之，离战国未远，纵横之学尚存，所以，此时的文人皆不同程度地具有纵横之风。

汉初与民休息的政策，使社会经济逐渐得到恢复和发展，文化也逐步走向繁荣。秦始皇实行文化专制政策，焚书坑儒对文化造成了极大的破坏。汉兴以后，改秦之败政，废除挟书律及诽谤、妖言之法，大收篇籍，广开献书之路，鼓励士人畅所欲言，形成了一种较为宽松的文化气氛，学术活动也逐渐恢复并活跃起来。

2. 藩国文术兴盛

汉初另外一个很重要的文化现象，就是刘氏诸侯王纳士成风，并由此而形成了几处藩国文化中心，成为汉初文学创作最为活跃之所在。

汉代立国以后，为巩固刚刚建立的政权，刘邦集团先后消灭了具有实力的异姓诸侯，同时，广建同姓诸侯。这些刘氏宗亲不具备秦以前诸侯那样独立王国的地位，但也具有相当强大的势力。他们不仅拥有广阔地域，而且在政治上享有很多的权力。这些存在，为藩国文术的产生和发展提供了前提条件。到文景时期，刘姓诸侯王逐渐长大成人，他们当中颇有一些倾心养士、致意于文术的人。很多诸侯王承战国以来养士的流风余韵，招纳大批文人、游士，从事各种文化活动，形成了几个各具特色的文化中心，楚、吴、梁、淮南、河间是其中最有名的五个。其中，地处江淮的吴、梁二国，是西汉前期文人活动的主要地区，是西汉前期散文、辞赋创作的中心，为汉初文坛增添了亮色。

吴国自汉高祖十二年（前195）立国，都于吴（今江苏苏州），吴王刘濞，是刘邦的哥哥刘仲之子。吴国地域辽阔，富甲一方，刘濞又很会笼络人心，所以吴地聚集了一大批纵横游说之士，其中邹阳、严忌、枚乘等最为有名，他们擅长文辞，文学兴盛一时。但当其谋反之心日炽时，邹阳、严忌、枚乘等就离开吴国投奔了梁王。至景帝前元三年（前154），刘濞起兵反叛，挑起“七国之乱”，但仅仅三个月后就被平息，刘濞被诛灭后，游士四处零散，吴国文化迅速衰败。

梁孝王刘武是汉文帝的次子，深受文帝宠爱。文帝十二年（前168），他由淮阳王改做梁王。他招揽四方的豪杰之士，自峭山以东的游士，没有不到梁国来的，齐人羊胜、公孙诡、邹阳之属，都投奔他。吴谋反失败后，他的宾客不少都来到梁国，司马相如也曾游梁，梁孝王身边聚拢了一个具有闲适娱乐色彩的文学集团。梁孝王对待文学之士，极为优厚。他建造了富丽堂皇的梁园，并与宾客畅游其中，吟诗作赋，风流传千古。

吴、梁之外，在江淮一带还有一个文化中心，这就是淮南王刘安的淮南国。刘安博雅能文，名噪一时，招致宾客方术之士数千人。这个文化中心，在汉初历时最长、影响最大，他们的活动延续了近30年。《汉书·艺文志》著录《淮南王赋》82篇、《淮南王群臣赋》44篇。这是一个不小的数字。

在北方，河间献王刘德也修古好学，不惜以金帛招聚民间图书，以至远方之人有先祖旧书的，多奏献给他，所以他得到的书，多得可以与汉中央王朝相媲美。献王得到的书，都是先秦的古文旧书，有《周官》《尚书》《礼》《老子》等。崤山以东的很多学者都投奔到他那里，形成了一个著名的学术中心。

汉初的这几个藩国文化中心，无论是在崇尚辞赋创作上，还是在醉心学术研究上，都与中央朝廷喜好黄老、刑名之学形成鲜明对照。

3. 汉宫尚楚声

崇尚楚文化，是汉初君臣共同的文化趋向。刘邦及其功臣大多都兴起于楚地，因此极其偏爱楚歌、楚舞、楚服、楚声。叔孙通是秦汉之际有名的儒生，在秦时就被征为待诏博士，后来投降了刘邦。《史记》上记载，他穿着儒生服装，刘邦很厌恶，于是，他改变了装束，穿上短衣，随从楚人的习惯，刘邦就很高兴。鲁迅先生1926年在厦门大学担任中国文学史课程老师时，编写过一部讲义，后来称为《汉文学史纲要》，书中专门辟有一节《汉宫之楚声》，讲述了汉初崇尚楚声的情况。他说："故在文章，则楚汉之际，诗教已熄，民间多乐楚声，刘邦以一亭长登帝位，其风遂亦被宫掖。盖秦灭六国，四方怨恨，而楚尤为发愤，誓虽三户必亡秦，于是江湖激昂之士，遂以楚声为尚。"

由于最高统治者的提倡，汉初的音乐、诗歌等，都有很强的楚文化色彩。《汉书·礼乐志》："汉兴，乐家有制氏……凡乐，乐其所生，礼不忘本。高祖乐楚声，故《房中乐》楚声也。"汉初上层人士抒写情志，也大抵以楚歌诗为主。刘邦平定黥布叛乱，班师路过老家沛县，邀集故人饮酒，酒酣耳热之际，击筑唱出了一首《大风歌》："大风起兮云飞扬，威加海内兮归故乡，安得猛士兮守四方！"这首诗以兮字结尾，是较

◎ 乐舞画像
（四川绵竹新市镇出土东汉画像砖）
（选自范小平著《四川画像砖艺术》）

典型的楚地声调。

汉宫崇尚楚地声乐，君臣又多为楚人，影响所及，他们在将自己的喜怒哀乐之情和审美感受付诸文学时，便自觉不自觉地采用了楚辞所代表的文学样式，以屈宋楚辞为范本，从而衍变成汉初文坛独具风貌的骚体赋。

汉初骚体赋，今存200余篇，除纯为楚辞体者外，从内容和形式看，大致有三类：一是抒情写怀之作，如贾谊的《吊屈原赋》；一类是咏物之作，如路乔如的《鹤赋》、邹阳的《几赋》、羊胜的《屏风赋》、枚乘的《柳赋》等；还有一类是叙事之作，如枚乘的《七发》。这一时期的辞赋作家，大致有两类：一是像贾谊这样的朝廷命官，其赋作重在抒情写怀；另一类则多为诸侯王的宾客，邹阳、羊胜、公孙诡等，作品多借咏物以歌功颂德。

（二）万古惟留楚客悲——贾谊赋作

1. 一代兴王佐，三湘放逐客

西汉初期是一个人才辈出的时代，涌现出一批杰出的人才，贾谊是其中突出的一位，在当时他就以自己的政治才干和文学作品，声名远扬。贾谊短暂的一生虽然只有33个春秋，但经历却十分丰富、曲折。

贾谊（前200—前168），是洛阳（今属河南）人，其青少

◎ 贾谊

年时期是在家乡度过的。他自幼聪慧，博览群书，18岁时，就以博学能文受到河南郡守吴公的赏识，被其招至门下。汉文帝即位后，积极网罗天下人才，贾谊便被推荐到朝廷任博士，其时是文帝元年（前179），贾谊只有22岁，在同僚中年纪最小。当时博士的主管职责，是掌管朝廷中的文献、档案等，并接受皇帝关于治国等各方面内容的咨询。每当皇帝下达诏令让臣子们议论问题时，老先生们都不能回话，贾谊就替他们应对，令同行们个个佩服，汉文帝也很欣赏他的才华，越级提拔，一年之内就升到了太中大夫。太中大夫，是汉代的一个官职，名义上属光禄勋，但实际上不受其管辖，是皇帝的高级参谋，权力很大，因此朝廷上许多法令、规章的制定，都由贾谊主持进行。

贾谊虽然才气过人，但书生意气，不懂人情世故，不知权衡轻重，提出的许多改革措施并不合时宜。同时，贾谊的才华和汉文帝对他的信任，也引起了部分朝臣的不满，他们制造流言，诽谤贾谊说："这个洛阳人，年轻学浅，一心想独揽大权，使各种事情变得混乱。"这些不实之词也动摇了汉文帝对贾谊的信任，开始逐渐疏远他，也不采纳他的建议，最后让他离开京城去做长沙王的太傅。因而后人也称贾谊为贾长沙、贾太傅。

在长沙任职的三年中，贾谊一直郁郁寡欢。文帝七年（前173），贾谊被召回长安，当时汉文帝正在虔诚地承受神灵降福，就在长安未央宫内的宣室里接见贾谊。贾谊本来准备了不少关于治理国家的主张和建议，但一见面，汉文帝便问鬼神之事，贾谊便详细地说明鬼神形成的情形，汉文帝听得颇为入神，不断地把座位向贾谊身边挪动，侧耳静听，直到半夜才算结束。唐代诗人李商隐在名为《贾生》的诗中咏叹此事说："宣室求贤访逐臣，贾生才调更无伦。可怜夜半虚前席，不问苍生问鬼神。"

这次见面，为贾谊的命运带来了转机，他的回答令汉文帝十分满意，感叹说："我很久没有见贾生了，自以为超过了他，现在看来还是比不上他。"不久，便任命贾谊为梁怀王刘楫的太傅。梁怀王是汉文帝的小儿子，很受宠爱，又喜好读书，所以叫贾谊做他的老师。但很不幸，没过几年，梁怀王骑马入朝见皇帝，不小心从马背上掉下来摔死了。按当时的规矩，诸侯王年轻时，太傅对他的生活起居要负全责。梁王骑马受伤而死，贾谊认为自己没有尽到太傅的责任，经常悲泣自责，更加郁郁寡欢，一年后，竟因伤感过度而死。贾谊在政治上的遭遇，引起后人的许多同情，北宋大政治家王安石有诗道："一时谋议略施行，谁道君王薄贾生。爵位自高言尽废，古来何啻万公卿。"（《贾生》）

贾谊的作品，《汉书·艺文志》著录有文58篇，赋7篇，其文即现存的《新书》，也称《贾子》。其中，《过秦论》和《陈政事疏》（又称《治安策》），是其政论文中的名篇，被鲁迅称为“西汉鸿文”，现在还经常被选入中学语文课本中。贾谊的辞赋大多已亡佚，除《吊屈原赋》《鹏鸟赋》外，还有一篇《惜誓》，但是否为贾谊之作，后人也有所怀疑。

2. 哀怨寄骚人——《吊屈原赋》

文帝四年（前176），贾谊被贬为长沙王吴差的太傅。长沙王吴差当时是仅存的异姓诸侯王，随时都有被废灭的危险，在当时中原人的眼中，长沙是多雨潮湿的蛮荒僻远之地，而且诸侯王太傅也只有辅导诸侯王之责，没有处理实际政事的权力。这一切，对心怀政治抱负的贾谊来说，都是不小的打击，其心情之忧郁可以想见。在缓缓南下，及渡湘水，经过屈原放逐之地时，贾谊不免触景生情，诗人的不幸遭遇，引起了他心中的共鸣，因而，深致伤

◎ 楚大夫屈原汨罗江畔赋《离骚》
（选自清吴历《人物故事图册》）

悼，写下了汉赋名篇《吊屈原赋》。

屈原是战国晚期楚国的爱国诗人，但因“信而见谤，忠而见疑”，致力于国家富强的政治理想无法实现，故深感“国无人莫我知兮”“举世混浊而我独清，众人皆醉而我独醒”，最终，投江而死，以身殉国。贾谊与屈原有着相同的政治遭遇，因而，在内心深处与他有深深的共鸣。《吊屈原赋》不仅对屈原的遭遇表示了深切的同情，且像屈原的《离骚》一样，表达了愤世嫉俗的感情，揭露了造成诗人不幸的社会现实，对世间贤人失意、小人得志的不公平状况，流露了极大不满。赋中写道：

> 呜呼哀哉！逢时不祥。鸾凤伏窜兮，鸱枭翱翔。阘茸尊显兮，谗谀得志；贤圣逆曳兮，方正倒植。世谓随夷为溷兮，谓跖蹻为廉；莫邪为钝兮，铅刀为铦。吁嗟默默，生之无故兮；斡弃周鼎，宝康瓠兮。腾驾罢牛，骖蹇驴兮；骥垂两耳，服盐车兮。章甫荐履，渐不可久兮；嗟苦先生，独离此咎兮。

但是，贾谊和屈原的性格及所处的时代，毕竟有所不同。他们具有不同的生死观。屈原所坚持的是儒家杀身成仁的思想，理想不能实现就不惜殉以生命；而贾谊，生当汉初，除具有儒家思想外，还兼有汉初的道家旷达精神，所以，其忧国忧民的忧患意识，没有屈原那样深沉，在对自身理想的追求上，也不及屈原那样执着，对世事更显豁达。在赋的结尾，表达了不愿与世俗同流合污、宁可遗世独立的决心：

> 已矣！国其莫我知兮，独壹郁其谁语？凤漂漂其高逝兮，固自引而远去。袭九渊之神龙兮，沕深潜以自珍；偭蟂獭以隐处兮，夫岂从虾与蛭螾？所贵圣人之神德兮，远浊世而自藏；使骐骥可得系而羁兮，岂云异夫犬羊？般纷纷其离此尤兮，亦夫子之故也。历九州而相其君兮，何必怀此都也？凤凰翔于千仞兮，览德辉而下之；见细德之险征兮，遥曾击而去之。彼寻常之污渎兮，岂能容夫吞舟之巨鱼？横江湖之鳣鲸兮，固将制于蝼蚁。

《吊屈原赋》只有约300字，但感情激切，对比鲜明，是汉初骚体赋的代表作。从艺术表现上看，《吊屈原赋》还带有比较明显的楚辞色彩：前赋文、后“讯”语的结构形式直接来自屈原的作品；语句上也模仿楚辞，个别句子如“国其莫我知兮”，用的就是屈原的诗句；赋中大量使用比喻，以“鸾凤”“神龙”等喻贤者，以“鸱枭”“蹇驴”等喻小人，也是继承了楚辞“香草美人”的手法。但是，它的句式使用自由灵活，赋文与“讯”语两部分篇幅相当，语句上有散文化的倾向，诗的成分、意境明显减弱，向汉赋蜕变的特征很明显。

历史总有惊人的相似之处，贾谊的遭遇也同样引起了另一位诗人的感慨，他就是唐代的刘长卿。刘长卿性格刚直，以言犯上，曾两度遭到贬谪，当他第二次被贬由苏州来到长沙时，途中寻访贾宅，由贾谊的遭遇联想自己的身世，不禁感慨系之，写下《长沙过贾谊宅》："三年谪宦此栖迟，万古惟留楚客悲。秋草独寻人去后，寒林空见日斜时。汉文有道恩犹薄，湘水无情吊岂知。寂寂江山摇落处，怜君何事到天涯。"这首诗抒发了作者的感慨与郁闷，吊古伤今，写景抒情，含蓄蕴藉，也不愧是咏怀诗中的佳作。

3. 鹏鸟诉菀结——《鹏鸟赋》

贾谊谪居长沙时，还写过《鹏鸟赋》，这是另一篇有影响的赋作，也是一篇十分有趣的作品，它貌似咏物，实则抒怀。鹏，就是鸮鸟，也就是俗称的猫头鹰。楚地民间认为，猫头鹰是不祥之鸟，它飞到哪家，哪家的主人不久将会死去。其实，直到现在，民间许多地方也还有这种迷信说法。

这篇作品的起因是这样的，贾谊任长沙王太傅的第三个年头里，有一天，一只鹏鸟飞入他的住处，止于座位的一旁。贾谊由长安谪居长沙，本已郁郁不得志，长沙是卑湿之地，自认不得长寿，又偏偏遇上此等不祥之兆，自然是触景伤情，悲痛万分，于是便写下这篇《鹏鸟赋》。

这篇作品，假借与鹏鸟对话，抒发了怀才不遇之情，阐明自己对生死、祸福的达观态度，抒发对人生、社会的感慨，有鲜明的道家倾向。“祸兮福所倚，福兮祸所伏。忧喜聚门兮，吉凶同域。”这些豁达的语言文字，反映了贾谊旷达的精神世界，但其中也着实隐藏着深沉的悲哀。

《鹏鸟赋》在艺术上颇具特点，首先，形式十分奇特，它以人鸟对话而展开。正文首段写道：

> 单阏之岁兮，四月孟夏。庚子日斜兮，鹏集予舍。止于坐隅兮，貌甚闲暇。异物来萃兮，私怪其故。发书占之兮，谶言其度，曰：“野鸟入室兮，主人将去。”请问于鹏兮：“予去何之？吉乎告我，凶言其灾。淹速之度兮，语予其期。”鹏乃叹息，举首奋翼；口不能言，请对以臆。

这种形式明显是受到庄子寓言的影响，同时也开创了汉赋主客问答体式的先河。

其次，是以议论为主，以议论来抒写对生命忧患的思考，来阐发人生的哲理。议论之中也常运用一些贴切的比喻，来增强议论的形象性，也常用感叹语气来加强议论的情感性。赋中说理，显然与以抒情为主的楚辞是不同的。

最后，在语言上，因以表达哲理为主，所以显得凝练精警。形式上以整齐的四言句为主，也有散文化的倾向，体现着向汉大赋的过渡。

总之，在艺术形式上，贾谊赋取法于楚辞，他一向被视为汉代骚体赋的开山作家。但其作品，与《离骚》《九章》《九歌》等纯正的屈宋楚辞又有所不同。《吊屈原赋》《鵩鸟赋》均表现出了一些变化的痕迹。《吊屈原赋》直抒胸臆，风格朴实，不同于屈辞的幽渺瑰丽，末段的“讯曰”，较屈辞“乱曰”的篇幅明显加长，而且，由屈辞的抒情为主转向偏于议论。《鵩鸟赋》则假托自己与鵩鸟对话，很明显是出于有意识的虚构，与设为问答、虚构情节的大赋体已相类似。而借鵩鸟之口，宣扬道家思想，与屈辞的抒情区别就更大了，而与汉代的某些赋更加接近。在汉赋演进的历程中，贾谊是较早一位由楚辞向汉大赋演变的过渡作家。

（三）汉初藩国君臣赋作

据《汉书·艺文志》的记载，汉初藩国君臣赋作有64篇之多，但今存只有为数不多的几篇。这其中辞赋创作成就较高的，是梁园宾客以及淮南王刘安和他周围的门客。

1. 梁王园里好作赋——梁园宾客赋作

汉初梁孝王刘武的梁园，是一直被后人艳称的一段文坛佚事。梁园，也称梁苑、兔园、睢园，是梁孝王所建的一处苑囿，故址位于今河南省商丘东。刘武是汉文帝的儿子，汉景帝的弟弟，深受窦太后宠爱，赏赐的财宝不计其数，加上梁国在平定“七国之乱”中有功，占据着天下肥沃富饶的地区，经济实力雄厚。于是，梁孝王大兴土木，建造规模宏大、富丽堂皇的梁园。梁园方圆四五十公里，园内建造了许多亭台楼阁及各种景观，种植了松柏、梧桐、青竹等奇花异卉，孝王与文士们流连于此，酬唱应答，实是雅集的理想场所。梁孝王爱惜人才，喜好风雅，重金招揽天下人才，即使默默无闻的无名之辈，只要有才，也必定慷慨相助。一时间，天下豪俊之士云集，许多人甚至辞去朝廷及其他诸侯国的官职来到梁园，这其中就有庄忌、邹阳、枚乘、司马相如等著名文人。这是汉初最有影响的一批辞赋作家，他们就是后人所称道的梁园宾客。

◎ 梁园飞雪图
（清袁江绘）

梁园宾客待遇优厚，衣食无忧，还时不时因赋写得好而受赏赐。据载，梁孝王曾在梁园中的忘忧馆组织了一次辞赋大赛，枚乘作《柳赋》、路乔如作《鹤赋》、公孙诡作《文鹿赋》、邹阳作《酒赋》、公孙乘作《月赋》、羊胜作《屏风赋》。韩安国作《几赋》没有完成，由邹阳代作。结果，邹阳、韩安国被罚酒三升，而枚乘和路乔如两人则因作品出色，获赐绢五匹。“忘忧馆七赋”见于《西京杂记》，这是一部杂抄西汉历史故事和逸闻逸事的汇辑之书，西京是指西汉的都城长安。学界多认为此书出自西晋葛洪之手，而托名西汉刘歆。由于该书作者长期不明，记事诡谲，明清以来多被斥为伪书，但其中所载的许多内容能与近年出土文物相对应，因此也不能一概否定。

《西京杂记》所收梁园宾客的这几篇都是咏物赋，证明咏物赋在汉初即已出现。如公孙乘的《月赋》就辩丽可喜：

> 月出皦兮，君子之光。鹍鸡舞于兰渚，蟋蟀鸣于西堂。君有礼乐，我有衣裳。猗嗟明月，当心而出。隐员岩而似钩，蔽修堞而分镜。既少进以增辉，遂临庭而高映。炎日匪明，晧璧非净，躔度运行，阴阳以正，文林辩囿，小臣不佞。

在梁园宾客中，辞赋创作成绩突出的还数枚乘和司马相如，但他们的代表作并不全在梁园时期所作，在后面还将单独介绍。这里重点说一说庄忌及其《哀时命》。

庄忌（约前188—前105），汉会稽吴（今江苏苏州）人。东汉时避汉明帝刘庄讳改称严忌。刘濞称吴王，招收四方游士，严忌与当时名士邹阳、枚乘等应召，做了刘濞门客。后来，刘濞图谋反叛，他与枚乘等上书谏阻，刘濞不听，即离开吴，投梁孝王，颇得孝王厚遇。景帝前元三年（前154），吴王刘濞起兵反叛，兵败伏诛。严忌因脱离较早，没有受牵连，这也能见其才识过人。时人称他“庄夫子”，有辞赋24篇，今仅存《哀时命》一篇，收在汉末刘向所编《楚辞》一书中。

关于《哀时命》的写作宗旨，东汉王逸曾认为：“忌哀屈原受性忠贞，不遭明君而遇暗世，斐然作辞，叹而述之，故曰‘哀时命’也。”（《楚辞补注》）但从全文来看，此说不是很准确。文中不仅没有提及屈原的各种生平遭遇，而且将伍子胥的忠信与屈原一同作为例子，还多次提及赤松、王乔等传说中的仙人，表现出强烈的追求功名和远离祸患以全身的思想，所以，本文实系庄忌抒发自身生不逢时、怀才不遇的感慨，“哀时命之不及古人兮，夫何予生之不遘时”，是此篇的主旨所在。文中高度概括了作者的身世经历及人生体验，曲折而强烈地反映了汉初知识分子内心的苦闷和抗争。在文中，还写到“时暧暧其将罢兮，遂闷叹而无名”，表达出岁月渐去而声名未立的紧迫感，这是无数人所具有的一种共同心态。

此赋纯属骚体，感情真挚，篇幅短小精悍，保持了西汉早期骚体赋的特点，不失为一篇较好的抒情赋。

2. 幽谷乔木变屏风——淮南王君臣赋作

汉初藩国中，淮南国的作赋之风最盛。这首先与淮南王刘安的爱好与提倡有关。刘安才学极高，“好书而以辞赋见称”，在中国文学史上，他是给予屈原《离骚》以崇高评价的第一人。他说：“国风好色而不淫，小雅怨诽而不乱，若《离骚》者，可谓兼之。蝉蜕浊秽之中，浮游尘埃之外，皭然泥而不滓；推此志，虽与日月争光可也。”《汉书》上记载，汉武帝让他为《离骚》作注，他只用一顿早饭的时间就完成了任务，可见他对楚辞是十分熟悉的。刘安长于写赋，《汉书·艺文志》载有《淮南王赋》82篇，可惜大都失传，好在他有一部学术巨著《淮南子》流传了下来，这部书中的许多章节都很有赋的味道，可以当作赋来欣赏，多少可以弥补刘安赋作亡佚的遗憾。

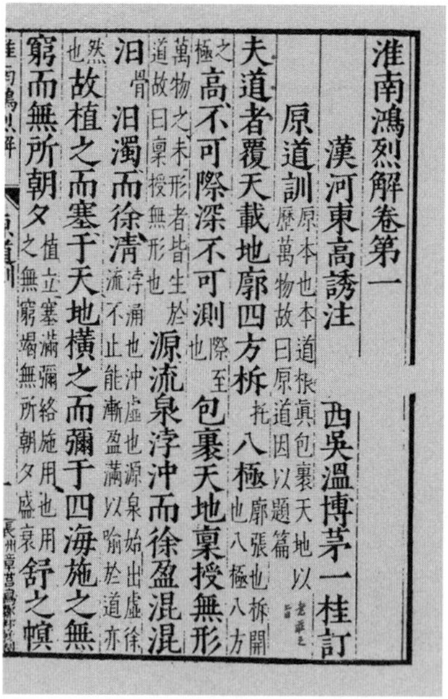
淮南鴻烈解卷第一
漢河東高誘注　西吳溫博茅一桂訂
原道訓 原本也本道根真包裹天地以歷萬物故曰原道因以題篇
夫道者覆天載地廓四方柝八極 廓張也柝開也八極八方之極也 高不可際深不可測 際至也 包裹天地稟授無形 萬物之未形者皆生於道故曰稟授無形也 源流泉浡沖而徐盈混混汩汩 汩音骨 汩濁而徐清 浡涌也沖虛也源泉始出虛徐流不止能漸盈滿以喻於道亦然也 故植之而塞于天地橫之而彌于四海施之無窮而無所朝夕 植立塞滿彌絡施用也用之無窮竭無所朝夕盛衰 舒之幎

◎《淮南子》书影
（明万历八年茅一桂刻本）

《古文苑》中保存

了一篇《屏风赋》，它也见于《艺文类聚》《初学记》《太平御览》等类书，许多学者认为是刘安的作品。《屏风赋》是现存两汉最早的物、人双写的咏物赋，其借屏风表达了自己的身世之悲。这篇赋只有短短32句，128字：

维兹屏风，出自幽谷。根深枝茂，号为乔木。孤生陋弱，畏金强族。移根易土，委伏沟渎。飘飙殆危，靡安措足。思在蓬蒿，林有朴樕。然常无缘，悲愁酸毒。天启我心，遭遇征禄。中郎缮理，收拾捐朴。大匠攻之，刻雕削斲。表虽剥裂，心实贞悫。等化器类，庇荫尊屋。列在左右，近君头足。赖蒙成济，其恩弘笃。何恩施遇，分好沾渥。不逢仁人，永为枯木。

从字面上看，《屏风赋》吟咏的是木的三次变化，由幽谷的乔木，到沟渎中的捐朴，最后被雕琢成尊屋中的屏风。但联系刘安的身世，我们会发现，《屏风赋》所咏另有深意。刘安是汉高祖刘邦的孙子，他的父亲刘长因为所谓的谋反罪被汉文帝流放，死于途中，当时刘安兄弟四人只有七八岁，幸亏中郎将袁盎说情，他们兄弟才被封侯。刘安本是汉室宗亲，所以自比是幽谷中根深叶茂的乔木，而家庭的变故，使其遭受沉重的打击，所以赋中感慨："孤生陋弱，畏金强族。移根易土，委伏沟渎。"在当时，吕后专权，刘邦的几个儿子被迫害殆尽，只剩下刘恒和刘长，本来他们两人都有继承皇位的资格，但最后刘恒如愿，成为后来的汉文帝，刘长被分封为诸侯王，藩卫帝室，就像屏风之于座席一样。《屏风赋》在叙事中并未脱离抒情的基调，借追忆往事，抒发了对奸臣谗枉的畏惧、孤生陋弱的自怜、放逐飘摇的凄苦、生于帝王家的悔恨等，最后以表达对恩人的感激结束全赋，“不逢仁人，永为枯木”，感情深沉激起，令人心动。在形式上，《屏风赋》纯是四言诗体，后来的扬雄、刘歆都有这种样式的作品，受此赋的影响也很显见。

在刘安的倡导下，其宾客臣僚也很热心于作赋，据记载，淮南王群臣赋作有44篇，但仅存《招隐士》一篇。此赋最早见于东汉王逸所编《楚辞章句》，题为淮南小山作。淮南小山是刘安部分门客的共称，到南朝梁萧统编《文选》时，就题为刘安作。关于此赋的写作目的，有的认为是小山之徒“闵伤屈原”之作，有的则说是淮南小山“为淮南王召致山谷潜伏之士”而作，也有不少人认为，这是淮南王蒙冤死后，淮南小山思念他的作品。

《招隐士》的内容是铺写山中凄厉可怕的景象，召唤隐居的王孙，劝他不要久留，切盼他及早归来。文章采用夸张、渲染的手法，极力描写深山荒谷的幽险、虎啸猿悲的凄厉，营造了一种触目惊心的艺术境界，表达了渴望隐者早日归还的急迫心情。从艺术构思上看，此赋是受《楚辞·招魂》的影响。通篇感情浓郁，意味深长，音节谐和，像“王孙游兮不归，春草生兮萋萋，岁暮兮不自聊，蟪蛄鸣兮啾啾”几句，优美动人，历来被人们传诵。因此，清代学者王夫之称赞它“绍《楚辞》之余韵，非他辞赋之比”（《楚辞通释》）。从题材而言，《招隐士》是后世招隐诗的鼻祖，对招隐诗的发展产生了重要影响。

3. 好色藩王也作赋

诸侯王的赋作见于史书记载的，还有长沙群臣赋3篇、广川惠王越赋3篇、淮南宪王赋3篇，但这些均已亡佚，倒是《西京杂记》还收录了中山王刘胜的一篇《文木赋》。

中山靖王刘胜，就是三国时刘备时时称道的先祖。他是汉景帝刘启的庶子，第一代中山国国王。他喜欢美酒及女色，光儿子就生了120多个。1968年，刘胜及妻窦绾的墓在河北满城陵山被发现，墓穴开凿于山岩之中，是一座规模宏大的崖洞

◎ 河北满城 1 号西汉墓的假设性复原

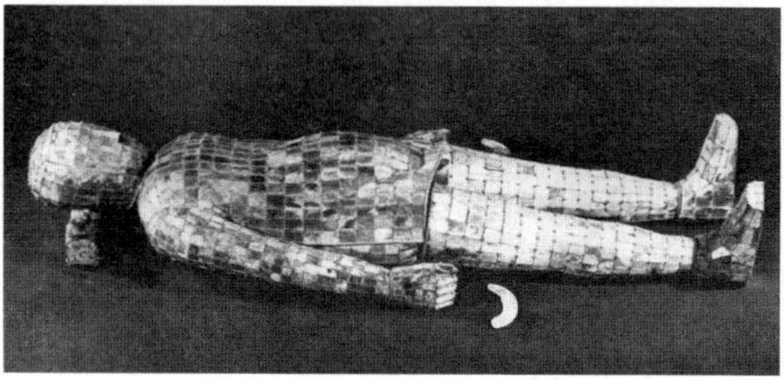

◎ 金缕玉衣
（河北满城 1 号西汉墓出土）

墓，由墓道、中室、主室和南北耳室组成，墓室宛如豪华宫殿，经发掘整理，出土银、铜、玉、石、漆器及陶器、丝织品、车马具等4000余件，其中包括两套完整的金缕玉衣和镶玉漆棺。它们的发现还是第一次，世人终于见到了传说已久的金缕玉衣的庐山真面目。大量奇珍异宝，使人们得见汉代王侯的奢侈生活，验证了许多只闻其名而不知其实的汉代珍品。更有意思的是，刘胜墓中还出土了16件留有酒痕迹的大陶缸，还有

◎ 错金银青铜博山炉
（河北满城 1 号西汉墓出土）

◎ 西汉长信宫铜灯
（河北满城 1 号西汉墓出土）

许多精美的青铜酒器，证明他生前确实嗜酒好饮，与史书记载的其为人“乐酒好内”正相吻合。

刘胜的这篇《文木赋》，与《西京杂记》所载梁园宾客的几篇一样，也是咏物之作。原序说，刘胜的哥哥鲁恭王得到一块文木，一种产于越南的高级乌木，将其做成了器物，且十分喜爱，中山王便作此赋。这篇赋很短，不足300字：

丽木离披，生彼高崖。拂天河而布叶，横日路而擢枝。幼雏羸鷇，单雄寡雌。纷纭翔集，嘈嗷鸣啼。载重雪而梢劲风，将等岁于二仪。巧匠不识，王子见知。乃命班尔，载斧伐斯，隐若天崩，豁如地裂。华叶分披，条枝摧折。既剥既刊，见其文章。或如龙盘虎踞，复似鸾集凤翔。青绳紫绶，环璧圭璋。重山累嶂，连波叠浪。奔电屯云，薄雾浓雰。麚宗骥旅，鸡族雉群。蠋绣鸯锦，莲藻芰文。色比金而有裕，质参玉而无分。裁为用器，曲直舒卷，修竹映池，高松植巘。制为乐器，婉转蟠纡。凤将九子，龙导五驹。制为屏风，郁茀穹隆。制为杖几，极丽穷美。制为枕案，文章璀璨，彪炳焕汗。制为盘盂，采玩踟蹰。猗欤君子，其乐只且。

据说，赋成之后，鲁恭王看过十分高兴，便赐给中山王两匹骏马。《文木赋》确有特点，它辞藻华丽，音节和谐，与散文接近，因此有人称之为“文体赋”。

联系贾谊《鹏鸟赋》、梁园宾客之赋，我们可以发现，汉初这些咏物赋有一些共同的特点，它们在体制上一般较短，在语句上多用楚辞形式及《诗经》四言形式，辞章较为朴实。但诸侯王宾客的辞赋，多借物以歌功颂德，文辞渐趋华美，这意味着其正向汉大赋方向迈进。

（四）枚乘摛艳，首制《七发》——枚乘赋作

1. 梁客之翘楚

枚乘（？—前140），字叔，淮阴（今江苏省淮安市淮阴区西南）人。汉文帝时，他在吴王刘濞那里做郎中。刘濞是汉高祖刘邦的侄子，在汉初分封的同姓诸侯王中势力最大，最有野心，时时想取朝廷而代之。刘濞开始谋叛时，枚乘就上书谏阻，写下了著名的《上书谏吴王》，其中“夫以一缕之任，系千钧之重”一句，后来演化为成语“千钧一发”。可惜，吴王并没有采纳他的建议，枚乘于是转而投奔梁孝王刘武。汉景帝时，吴楚等七国反汉，枚乘再次上书谏止，又遭拒绝。但“七国之乱”最终被平息，枚乘也因政治上的先见之明而声名大振，景帝拜他为弘农都尉。他不愿为官，只爱好文学，所以假装有病，仍旧回到梁国，做梁孝王的文学侍从。在梁园的诸多文士中，枚乘的才华最为突出，可谓梁客中的翘楚。梁孝王死

后，宾客四散，枚乘也回到故里淮阴。汉武帝即位后，钦慕他的文名，派车接他到京城，但其终因年老体衰，死于途中。

枚乘是汉初文人的重要代表，在文学上的主要成就是辞赋，其《七发》在汉赋发展史上有承前启后的作用。枚乘的赋据记载有九篇，今仅存《七发》《忘忧馆柳赋》《梁王菟园赋》三篇，完整者只《七发》，后两篇不少人怀疑是伪托之作，但也没有充分的证据。

枚乘有一子枚皋，也以写赋著称。这个儿子是枚乘到梁国时娶的一个小妾生下的，自幼聪明伶俐，很受枚乘的钟爱，遇有宴游，多半都要把小枚皋带在身边，不少人都把他当作神童。枚乘东归故里时，枚皋已经10余岁了，枚皋生母故土难离，不肯随夫一起走，枚乘十分生气，只好给儿子留下一些钱，让他和母亲留在梁国。17岁时，枚皋上书梁共王（孝王子），被召为郎，后因谗恶获罪，家室被没入官，他逃到长安。遇赦后，枚皋上书武帝，自称是枚乘的儿子，这时他大约也只有20岁，武帝见其才思敏捷，便拜他为郎，长期用作文学侍从。枚皋才思敏捷，作赋速度非常快，而司马相如作赋则很慢，当时有“枚疾马迟”之说。据史书记载，枚皋的赋可读的就有120篇，过于游戏不可读的还有几十篇。然而，枚皋不通经术，学无根基，政治地位也不高，汉武帝只是把他当作俳优一样的文学侍从对待，他的赋在题材与修辞方面，均无值得称道的力作，在赋史上没有产生多大的影响，作品都没有流传下来。相反，司马相如写得慢，总的数量也不多，但却基本上都保留下来。

枚乘父子以辞赋创作青史留名，也受到家乡人们的怀念，现在江苏淮安有枚亭、枚公河、枚里街，都是纪念枚氏父子的。

2. 散体赋的奠定之作——《七发》

《七发》是枚乘的代表作，见于南朝梁萧统《文选》，是一篇讽喻性作品。发，就是启发；七，指用来启发的事件共有七件。《七发》假设楚太子有病，吴客前去探望，以音乐、饮食、车马、游宴、田猎、观涛、论道七事，来启发楚太子，以互相问答的形式构成八段文字。赋的主旨意在说明声色犬马之乐，不如圣贤的要言妙道，其劝诫淫奢，启发人们要注重精神的追求。

◎ 宴饮图
（四川彭州太平乡出土东汉画像砖绘）

《七发》首段为序，借吴客之口，分析了楚太子的病情和患病的缘由，腐化享乐、安逸懒惰的宫廷生活是病根所在，指出这种病非药石针灸所能治，唯有“以要言妙道说而去之”。这显然是针对当时贵族的腐朽生活而提出的讽刺和劝诫，但未能给予正面的有力的批评。

第二至八段，写吴客分述音乐、饮食、车马、宫苑、田猎、观涛等事，由静而动，由近及远，从而依次展示了一幅幅美妙壮观的景象，一步步启发太子，诱导他改变生活方式，从而远离疾病。但是，音乐之美、饮食之丰、马车之盛、宫苑之宏深、田猎之壮阔、观涛之娱目舒心，都不管用，最后，吴客向太子推荐方术之士，“论天下之释微，理万物之是非”，而太子即已“‘涣乎若一听圣人辩士之言。’涊然汗出，霍然病已”。

《七发》中，作者尤其着力于田猎和观涛两事的铺写，认为田猎可驱散懒惰的习惯，观涛有“发蒙解惑”的功效。在中国文学史上，枚乘写观涛这段文字，是第一次对潮水所作的最为生动的描述，备受各种推崇。

◎ 车马画像
（四川新津宝子山石棺绘）

（涛）似神而非者三：疾雷闻百里；江水逆流，海水上潮；山出内云，日夜不止。衍溢漂疾，波涌而涛起。其始起也，洪淋淋焉，若白鹭之下翔。其少进也，浩浩溰溰，如素车白马帷盖之张。其波涌而云乱，扰扰焉如三军之腾装。其旁作而奔起也，飘飘焉如轻车之勒兵。六驾蛟龙，附从太白。纯驰皓蜺，前后骆驿。颙颙卬卬，椐椐彊彊，莘莘将将。壁垒重坚，沓杂似军行。訇隐匈磕，轧盘涌裔，原不可当。观其两傍，则滂渤怫郁，闇漠感突，上击下律。有似勇壮之卒，突怒而无畏；蹈壁冲津，穷曲随隈，逾岸出追。遇者死，当者坏。初发乎或围之津涯，荄轸谷分。回翔青篾，衔枚檀桓。弭节伍子之山，通厉骨（“胥”之误字）母之场。凌赤岸，篲扶桑，横奔似雷行。诚奋厥武，如振如怒。沌沌浑浑，状如奔马。混混庉庉，声如雷鼓。发怒庢沓，清升逾跇，侯波奋振，合战于藉藉之口。鸟不及飞，鱼不及回，兽不及走。纷纷翼翼，波涌云乱。荡取南山，背击北岸，覆亏丘陵，平夷西畔。险险戏戏，崩亏陂池，决胜乃罢。瀄汩潺湲，披扬流洒。横暴之极，鱼鳖失势，颠倒偃侧，沋沋湲湲，蒲伏连延。神物怪疑，不可胜言，直使人踣焉，洄闇凄怆焉。此天下怪异诡观也。

这一节，用一系列比喻、侧面烘托等手法，形象地描写了江涛由初起到极盛，再逐渐平缓的过程，通过对江涛的形、色、声，以及势的描写，使人如临其境，触目惊心，有一种奇观满目、宏声动耳的感觉，成为《七发》中最为精彩的一段。

在汉赋发展史上，《七发》占有重要的地位，它标志着新体赋——汉大赋的正式形成，一向被视为散体大赋的开山之作。其艺术成就，主要表现在以下几个方面：

其一，在体制上，《七发》融会了前代文学的各种因素，采用主客问答的形式，环环相接来构筑全篇。它在体制与描写手法上，明显受到楚辞的影响，《离骚》的宏大体制及其中的问答形式，《招魂》帝与巫阳的问对，以及《招魂》和《大招》的铺排描写手法，还有纵横家说辞等诸多因素，对其都有启发。在借鉴、吸收前人成就基础上，《七发》完成了对汉大赋的奠基任务。

其二，在写作上，《七发》突出的特色，是用虚构、夸张等多种艺术手法铺陈描绘事物。写景状物，声色情态毕现，描摹精致细腻，形象生动；善于铺陈排比，夸张渲染，气势恢宏，辞藻华丽。刘勰说："枚乘摛艳，首制《七发》，腴辞云构，夸丽风骇。"（《文心雕龙·杂文》）《七发》的人物及其对话全是虚构，叙事和描写也是想象的，故更具有文学创作的意味。在内容上也由骚体赋的以抒情为主，转变为以叙事写物为主。新体赋的根本特色，就是以铺张为能事，《七发》已开先例。

其三，在语言形式上，《七发》一方面吸收了楚辞的句式和兮字，一方面大量地使用散文的句式，同时也有对偶、排比句式的运用。但是，《七发》读起来较为平易，并不像后来的大赋那样堆叠奇僻词汇，与楚辞相比，诗的成分减少了，散文的成分增加了，它韵、散结合，是诗歌的散文化，或者说是散文的诗歌化。这为后来汉大赋的写作树立了典范。

《七发》对后世影响极大，后代那些专门写音乐、写狩猎、写宫殿、写水势等的赋，无一不是从中获得灵感而又从一个分支上生发出去。《七发》的结构形式也引起后世许多文士的模仿，如傅毅《七激》、崔骃《七依》、张衡《七辨》、崔瑗《七厉》、曹植《七启》、王粲《七释》、左思《七讽》等，在赋中形成一种定型的主客问答形式的文体，号为“七体”，以至《文选》也将其别立为一种体裁。之所以称为“七”，是因为这一类文章“词虽八首而问对凡七”（徐师曾《文体明辩》），“七”是问对的别名，导源于《楚辞·七谏》。

叁

苞括宇宙，总览人物

（一）兴废继绝，润色鸿业——西汉盛世与汉赋鼎盛

自汉武帝初年至宣帝的90年间，即所谓西汉中叶，是汉赋发展最为鼎盛的时期。这一时期的赋作，主流是那些以写宫苑、羽猎、郊祀、京都为主的散体大赋，它们是一代文学的正宗。这些作品的主要内容，就是歌颂帝国的声威、都市的繁荣、物产的丰饶、宫室苑囿的富丽，等等，以颂扬为主、以宏丽为美，是其最突出、最鲜明的特点。这样的精神产物，只能诞生于国势强盛、精神昂扬的时代。汉大赋正是西汉盛世的产儿，是这个时代风貌的典型写照。

◎ 汉武帝
（选自明王圻、王思义撰辑《三才图会》）

汉初60年中，实行休养生息的政策，社会生产得以迅速恢复发展，政治较为清明，思想活跃，出现了所谓的“文景之治”。汉武帝雄才大略，承此良好局面，对内加强中央集权制度、消灭地方诸侯王势力，对外用兵匈奴，戡定外患，开拓疆域，建立了空前繁荣的大一统帝国，西汉王朝进入一个新的发

展时期，到西汉中叶，国势达到鼎盛时期。

西汉时期，铁农具、牛耕普遍使用，水利发达，农业技术有了较大进步，农业生产提高到一个新的水平。到武帝时期，农产品极大丰富，谷价每石三十钱，高不过百余钱，粟价低到每石十余钱。《史记·平准书》载："汉兴七十余年之间，国家无事，非遇水旱之灾，民则人给家足，都鄙廪庾皆满，而府库余货财。京师之钱累巨万，贯朽而不可校。太仓之粟陈陈相因，充溢露积于外，至腐败不可食。"据统计，西汉末期，人口达到5950多万。农业的发达，促进了商业、手工业的发展，同时也促进了城市经济的繁荣。除京都长安外，燕地的涿、蓟，赵地的邯郸，齐地的临淄，楚地的宛，等等，都是闻名远近的大都市。武帝时，还实行盐铁专卖政策，将铸造货币的大权收归中央，政府财政收入大大增加，为四方征伐、运输转漕、军功赏赐等提供了保证。

有了雄厚的经济基础，武帝又向北出击匈奴，打了十几次仗，最终取得反击匈奴的胜利，制止了匈奴贵族的残暴掠夺，消除了困扰多年的边患，保护了经济的发

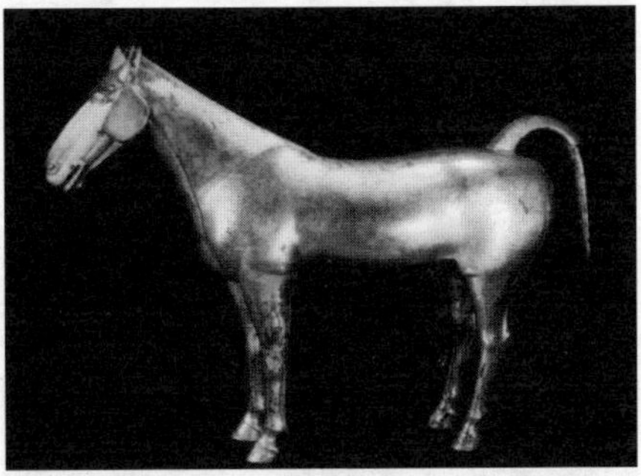

◎ 西汉鎏金铜马
（1981年陕西兴平茂陵陪葬墓出土）

展，使北部边境地区得到进一步开发。对匈奴的胜利，也极大地振奋了人心，提高了国人的自信，霍去病墓前的那尊“马踏匈奴”石雕，就是这一精神的传神写照。霍去病是西汉一代名将，他在祁连山一带率兵作战，先后六次击败匈奴，立下了赫赫战功，汉武帝封他为“骠骑将军”“冠军侯”。不幸的是，他24岁就溘然长逝。汉武帝痛其早逝，下令在自己的陵墓旁为其建墓，修建了祁连山形的墓冢，墓前树立14件石刻作品，“马踏匈奴”便是其中最为精彩的一件。这件石马，表现的是与霍去病一同征战厮杀的战马。霍去病就是骑着这匹马立下战功的，石马实则是霍去病的象征。这座石马高1.68米，长1.9米，神态轩昂，英姿勃发，一只前蹄把一个象征匈奴的武士踏倒在地，手执弓箭的武士仰面朝天，露出死难临头的神情。这件艺术珍品，动静结合，通过马显示了主人的英雄气概，更形象地表现了汉帝国横扫一切的气势。

◎ 霍去病墓刻石——马踏匈奴

为联合大月氏等国共同打击匈奴，汉武帝还遣张骞出使西域。西域，是西汉以来对玉门关和阳关以西地域的通称。张骞历经几十年摸清西域的地理及人文等情况，为汉朝最终打通与西域的联系立下了首功。西域道通后，中原与西域乃至更远地区之间经济、文化联系日益密切，西域的良马、各种奇珍异宝及名贵毛织品，源源东来，丰富了中原汉族地区的物质生活和精神生活，人们的眼界和心胸也随之变得开阔。

◎ 张骞出使西域壁画（摹本）
（选自中国国家博物馆藏《文物秦汉史》）

西汉的强盛，不仅在经济、政治、军事方面，思想方面的统一也是重要的体现。汉武帝采纳董仲舒的建议，确立了儒术独尊的地位。儒家学说，是一个使无数松散的小生产者凝聚起来从而信仰一致的学说。自此以后，儒家成为正统思想，对专制制度的加强和国家的统一，起到了很大的作用。

此时的大汉王朝，在文人眼中，无论从哪一方面看，都无疑是一个值得颂扬的盛世。汉武帝本人也好大喜功，雅好文艺，在身边聚拢了一大批文学侍从之臣，提倡辞赋，诱以利禄，大量歌功颂德的汉赋就在这“兴废继绝，润色鸿业”的氛围中产生了。班固在《两都赋序》中描述了当时文坛的盛况：

> 至于武、宣之世，乃崇礼官、考文章，内设金马石渠之署，外兴乐府协律之事，以兴废继绝，润色鸿业……故言语侍从之臣，若司马相如、虞丘寿王、东方朔、枚皋、王褒、刘向之属，朝夕论思，日月献纳。而公卿大臣，御史大夫倪宽、太常孔臧、太中大夫董仲舒、宗正刘德、太子太傅萧望之等，时时间作。或以抒下情而通讽喻，或以宣上德而尽忠孝，雍容揄扬，著于后嗣，抑亦雅颂之亚也。故孝成之世，论而录之，盖奏御者千有余篇。

无论是作者人数之众、阶层之广泛，还是作品之多，这一时期都算得上是汉赋的鼎盛期，是汉赋的黄金时代。

有意思的是，此时的一些作家，既为当时汉帝国空前繁荣强盛的局面感到欢欣和喜悦，但同时又对最高统治者大肆挥霍钱财、耽于奢侈享乐的生活感到担忧。这就使一些鸿篇巨制的大赋在歌颂天子圣明、夸耀帝国声威的同时，不忘在赋的结尾时，来一点讽喻劝诫，形成了所谓“劝百讽一”的模式，这成为汉大赋思想内容方面的共同特点。而“劝”与“讽”两者往往统一在一篇作品中，造成了汉代大赋思想内容的复杂性，成为后世一些学者抨击汉赋的原因所在。

需要注意的是，在汉大赋独领风骚、称霸文坛之时，骚体赋及小赋的创作也依然活跃，赋作家往往会根据自己情感抒发的需要，选择不同的表达方式，也出现了一些很好的作品，尤其是一些抒情的幽怨小赋，颇能引人共鸣。“达则兼济天下，穷则独善其身”，是中国古代知识分子的处世理念。生活在西汉盛世的士人，在大汉声威的感召下，无不积极向上，希望建功立业，但事情往往并不如愿，许多心怀大志之人，不免产生怀才不遇之感，如董仲舒、司马迁都创作了关于“士不遇”的骚体赋。

在西汉中叶星光灿烂的作家群体中，司马相如无疑最为耀眼，他是汉代大赋的奠基者，《子虚赋》《上林赋》两赋是其著名的代表作，奠定了汉大赋的基本体式。武宣年间著名的赋作家还有东方朔、枚皋、王褒等人，他们的赋作虽多，但传世很少。东方朔的《答客难》《非有先生论》，虽然没有以赋称，却是两篇散体赋，对后世述志赋的发展有一定影响；王褒是汉宣帝时的重要赋家，《洞箫赋》是现存较早描写音乐的一篇赋作，对后世的咏物赋及描写音乐题材的作品，都产生了深远影响，他的《僮约》则是一篇妙趣横生的俗体赋。

（二）弹琴感文君，颂赋惊汉主——汉赋圣手司马相如

1. 弹琴感文君

说起司马相如，那真是故事一箩筐！这位蜀中才子、汉赋圣手，他与卓文君的爱情故事、他与大汉天子的奇遇、他作赋时的艰辛，等等，都已不再单纯是史书上的记载，而是早已化为诗词中的典故、舞台上的形象、戏剧中的人物，为历代的人们所津津乐道。

司马相如（约前179—前118），字长卿，西汉蜀郡成都（今属四川）人。他年轻时，喜好读书，又学习剑术。司马相如本名犬子，就是阿猫阿狗的意思，随着学识的增加，他十分仰慕战国时期赵国名相蔺相如的为人，便改名叫“相如”。曾有一副对联，上联是“蔺相如司马相如实不相如”，下联“魏无忌长孙无忌此亦无忌”，联中人名对人名，十分有趣。四川地理条件特殊，物产丰富，有“天府之国”的美誉，而险峻的巴山蜀水，又使得蜀道难，难于上青天，这种相对隔绝的环境，造就蜀人豪放不羁的性格，历史上多有游侠和羽客。

在读书和习剑中度过少年时期之后，司马相如离开家乡，想在京城中大干一番事业。汉代人做官主要有两条路，一是通过“察举”，被地方上看中推荐，另外是“赀选”，就是拿钱买

官。司马相如通过赀选，在汉景帝身边做了武骑常侍，一个类似现在的总统保镖的角色。但这远不是他的初衷，而且汉景帝对辞赋等华而不实的东西也不感兴趣，所以，在宫中的两年多的时间里，司马相如一直很郁闷。就在这个时候，汉景帝的同胞兄弟梁孝王进京，随身带着邹阳、枚乘等一批文人，司马相如见到这些同类士人很兴奋，梁孝王也十分欣赏他的才华，于是，司马相如便借病辞官，随梁孝王去了梁国。司马相如在梁园如鱼得水，度过了一段非常快乐的时光，但“梁园虽好，非久恋之乡”，景帝中元六年（前144），梁孝王去世，梁园宾客随之作猢狲散。司马相如只好告别生活了八年之久的梁园，回到成都老家。这个时候，他的父母已亡，家境败落，司马相如成了待业青年，不得已只好投奔在临邛做县令的朋友王吉。

在临邛，司马相如与卓文君演绎出了名传千古的爱情故事。卓文君是临邛富豪卓王孙的女儿，容貌秀丽，文才出众，素爱音乐又善于击鼓弹琴，但年仅17岁就不幸守寡在家。司马相如早已耳闻这位才貌双全的美人。一次，卓王孙宴请宾客，好不容易把司马相如请到。席间，相如借琴声表达自己对卓文君的爱慕之情，卓文君也久仰相如文采，不禁从屏风外偷窥相如。她深懂音乐，司马相如的琴声让她怦然心动，两人一见倾心，当夜，卓文君与司马相如携手私奔。

这时的司马相如一贫如洗，空有才貌，卓王孙也因女儿败坏门风怒火冲天，不给她一文钱，两人只好将身上还值点钱的东西变卖，回到了临邛，开起了小酒馆。文君每天当垆卖酒，相如身穿犊鼻裈，与用人一起打杂。卓王孙闻讯，深以为耻，但经不住兄弟、叔伯等的劝说，况且还有骨肉亲情，不得已，分给文君百万银钱和百名仆人，司马相如夫妇回到成都，过起了富人的生活。“弹琴感文君”，相如与文君的这段浪漫故事，成为后人咏之不尽的风流佳话。

◎ 文君窥相如抚琴图
（选自明陈洪绶《博古叶子》）

汉武帝继位后，司马相如的命运发生了很大变化。武帝雅好辞赋，读到司马相如的《子虚赋》时，只恨不能与其同生一个时代，倾慕至极，等搞明白他就是治下臣民时，便急忙将司马相如召至京城，使其成为身边的近臣。元光五年（前130），司马相如曾两次奉汉武帝命出使巴蜀，对开发西南地区，做出了有益的贡献。从西南回来后，有人告发他出使时曾受人财物，因而被免官，但不久又复为郎。由于这件事，他意识到为官的风险，仕途的艰难，称病闲居在家。晚年，任文园令，这是管理汉文帝陵园的闲职。后因病免官，居住在茂陵。在茂陵，风流成性的司马相如又看上了一位茂陵女，想娶进家，结果惹得卓文君大怒，作了一首《白头咏》表示自己的决绝之心，司马相如读后只好作罢。元狩五年（前118），病死家中。他病时，汉武帝派人去茂陵搬取他的藏书，但只发现了有关封禅的遗札，武帝看后十分惊讶。没几年，汉武帝便进行了封禅之礼。

司马相如是汉代最重要的文学家之一，其文学成就以赋最高，有“赋圣”之称，据载有作品29篇，今存6篇，即《子虚赋》《上林赋》《哀二世赋》《大人赋》《美人赋》和《长门赋》。其中，《子虚赋》《上林赋》是其代表作，创立了汉大赋的基本模式，后世将其与司马迁相提并论，有“汉代文章两司马”之说。

另外，司马相如总结作赋的经验，提出了“赋之迹”和“赋家之心”两个重要的概念，是后人理解和研究汉赋的重要资料。司马相如有一个朋友名叫盛览，是牂柯郡的名士，曾问他如何作赋，司马相如回答说：“用丝带般华丽的辞藻组成赋的文采，用锦绣般精妙的构思作为赋的内容，章法上纵横交错，音调上高低和谐，这是作赋的技巧。赋家的心则应该囊括宇宙万物，总览世间人物，这是内心中体会出来的，只可意会，不可言传。”盛览听后，便写了《合组歌》和《列锦赋》，接着就告退，以后再也不敢谈作赋的愿望了。

2. 大汉天子是知音——《子虚赋》《上林赋》

《子虚赋》和《上林赋》两篇赋内容上前后连贯，实是一篇完整作品的上下章，《史记》和《汉书》都引作一篇，称《天子游猎赋》，但萧统编《文选》时分为两篇，所以也有人认为是两篇。把它们看作是各自独立而又相互联系的两篇，更为合理一些，《子虚赋》作于司马相如在梁孝王处为宾客时，而《上林赋》作于汉武帝召见之际，前后相距10年。

汉武帝对《子虚赋》早就十分着迷，等见了司马相如之后，不住地称赞，司马相如告诉武帝，《子虚赋》不过是写诸侯之事，不足观，要写天子游猎之事，作《上林赋》。司马相如作赋确实到了呕心沥血的地步，据说，他写这两篇赋时，心情闲散，和身外的事物不再发生关系，他挥洒天地万物，铺叙古今人事，时而精神恍惚，好像睡着了一样，时而又忽然惊醒，精神振奋，接着写，用了100天才完成。

《子虚赋》《上林赋》虚构了子虚、乌有先生、亡是公三个人物，全文即由他们的对话构成。子虚，就是虚言；乌有先生，就是没有此事；亡是公，就是无此人。《子虚赋》前半部分由子虚、乌有先生的对话开始，楚国使臣子虚出使到齐国，齐王发出全部车骑，举行大规模的田猎，意在夸耀齐国的气魄。猎罢，子虚访乌有先生，并夸耀当日之事，亡是公当时也在场。在子虚看来，齐王在接待他的过程中流露出大国的自豪和炫耀，无异是对自己国家和君主的轻慢，于是，便向齐王盛夸楚国云梦之大、山川之美、物产之富，中间侈言楚王游猎云梦之乐事，借以傲视齐国。赋的后半部分，是乌有先生对子虚的批评，指责子虚“彰君恶，伤私义”。乌有先生认为，辽阔的地域、富饶的物产以及对物质享受的追求，都无法同君主的道德修养相提并论，不值得称道，接着，又极力夸称齐国的山海方物远胜于楚，想在气势上压倒楚国。

《上林赋》紧承《子虚赋》，写亡是公听了子虚和乌有先生的对话后，很不以为然，批评他们二人和楚、齐二君都有违诸侯之礼：“二君之论，不务明君臣之义，正诸侯之礼，徒事

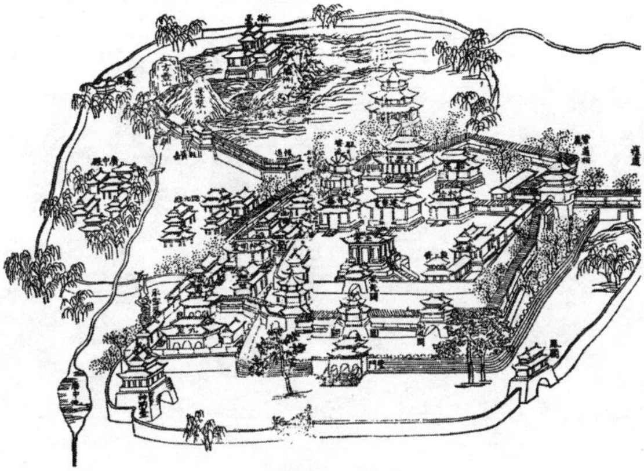

◎ 建章宫图
（选自王道亨、冯从吾《陕西通志》）

争于游戏之乐，苑囿之大，欲以奢侈相胜，荒淫相越，此不可以扬名发誉，而适足以贬君自损也。”接着，亡是公极力铺叙天子上林苑的巨丽、天子游猎的无比壮阔场面，压倒楚、齐，使子虚、乌有先生倾心折服，以此表明诸侯不能与天子相提并论。然后，“曲终奏雅”，写天子认识到“此太奢侈”，转而改弦易张，应体恤百姓，彰显其严于律己的英明。

这两篇赋以游猎为题材，对诸侯、天子的游猎盛况和宫苑的豪华壮丽，作了极其夸张的描写。在赋的末尾，采用了让汉天子享乐之后反躬自省的方式，委婉地表达了惩奢劝俭的用意。前后两部分，主题统一，即反对奢侈，崇尚节俭，抑诸侯而尊天子，维护汉帝国的统一。其间又有对人民生产、生活的关心，及对天子功德、帝国昌盛气象与风貌的热情歌颂，反映

◎ 田猎图
（山东微山县微山岛乡沟南村出土）
（选自李锦山著《鲁南汉画像石研究》）

了汉人高蹈扬厉的精神和自信的心态。

从结构上看，二赋结构宏大，想象丰富，描写的场面雄伟壮观，气势磅礴。如《子虚赋》描写云梦大泽时说：

云梦者，方九百里，其中有山焉。其山则盘纡茀郁，隆崇律崒；岑崟参差，日月蔽亏，交错纠纷，上干青云；罢池陂陁，下属江河。其土则丹青赭垩，雌黄白坿，锡碧金银；众色炫耀，照烂龙鳞。其石则赤玉玫瑰，琳珉昆吾，瑊玏玄厉，碝石武夫。其东则有蕙圃，衡兰芷若，穹穷昌蒲，江离蘼芜，诸柘巴且。其南则有平原广泽，登降陁靡，案衍坛曼，缘以大江，限以巫山……

这一段文字，从上到下、从高到低，又从南到北、从东到西，将其山、其土、其石、其树等等写了一个遍，极尽铺排之事。二赋所描绘出的“赋迹”，生动地体现了司马相如所说的“苞括宇宙、总览人物”的“赋家之心”。

语言上，辞采富丽，瑰谲多姿，表现了作者驾驭文字的高超能力。凡是能够增强描写效果的辞藻都用上了，语句因此显得特别铺饰、华丽。这与司马相如自身的文字功底也不无关系，他著有《凡将篇》，是当时有名的字书，所以在作赋时，能调动大量的词汇，对描写对象从各个不同角度进行描述。句式有三言、四言，也有七言，交错互用，整齐中不乏变化，富有节奏感、韵律感。

《子虚赋》《上林赋》长达3500多字，这两篇天才之作，不仅是司马相如的晋身之阶、成名之本，还使其赢得了天子的赏识，而且标志着大赋的成熟，是一代文学汉赋的代表作，在汉赋发展史上有着极重要的地位。它以华丽的辞藻、夸饰的手法、韵散结合的语言和设为问答的形式，大肆铺陈宫苑的壮丽和帝王生活的豪华，充分表现出汉大赋的典型特点，奠定了汉赋的基本体制和所谓“劝百讽一”的传统。两汉及后世一些描写京都宫苑、田猎、巡游的大赋，如扬雄的《甘泉赋》《长杨赋》、班固的《两都赋》、张衡的《二京赋》等，皆取式于此，但在规模气势上又始终难以超越它。扬雄说：“如孔氏之门用赋也，则贾谊升堂，相如入室矣。”（《法言·吾子》）

3. 千金难买相如赋——《长门赋》

《长门赋》最早见于《文选》，因司马迁在《史记·司马相如列传》中未曾记载，所以，后人多怀疑是托名之作。但多数学者认为，此篇还是可信的。

关于《长门赋》的写作缘由，还有一段非常凄婉的故事。汉武帝小的时候，他的姑姑馆陶长公主刘嫖抱着他问：“你想要娶媳妇吗？”刘彻回答：“想啊！”长公主指着自己的女儿阿娇问：“阿娇好吗？”年幼童稚的刘彻回答说：“阿娇长得很漂亮，如果将来能娶阿娇做媳妇，一定用黄金屋把她藏起来。”

这就是“金屋藏娇”典故的来历。长公主很高兴，力劝汉景帝促成这桩婚事。汉武帝的这个姑姑可非同常人，她是汉景帝刘启唯一的同母姐姐，深受窦太后宠幸，对朝中不少大事都有影响力。小刘彻得体的回答，使他赢得了长公主强有力的政治支持，最终登上皇位。武帝开始的十几年里还很喜欢这个表妹，但日久生厌，加上陈皇后又特别好嫉妒，汉武帝后来开始宠幸卫子夫。陈皇后气得要死，曾昏死过几次，最终受到冷落，别居长门宫。她愁闷悲思，很不甘心，后来听说司马相如是天下最善写文章的人，便拿出黄金百斤，请他写了这篇《长门赋》，希望打动汉武帝，重获宠幸。据司马相如自己的序说，此赋呈上以后，陈皇后复得亲幸，但这可能只是文学家之言，与历史事实不符。

《长门赋》采用陈皇后自述的语气，以时间为序，描写了她被废独居后，夜以继日的愁思和苦闷。赋先写白天陈皇后在宫中备好酒食，期盼君王来临，但希望很快落空。接着，写她登兰台而远望，希望能见到君王的影子。她思君心切，以至把隆隆的雷声，都当成了君王车轮的滚动声。但看到的却只是孔雀、凤凰，听到的只是猿猴的长啸。触景生情，她更加痛苦，赶紧走下兰台，步回深宫，重新徘徊，那满眼的雕梁画栋、华丽陈设，与寂寞的心情形成强烈对比，使她更加觉得孤独无依。最后，心灰意冷，颓然就床。

这篇赋写得深刻、细致，很有层次感，将一个失宠嫔妃

◎ 陈皇后
（选自刘精民收藏《百美新咏图传——历代名女诗文图记》）

孤独、寂寞、悲苦的复杂心理，淋漓尽致地描写出来，哀婉缠绵，读后令人倍感凄凉。与《子虚赋》《上林赋》以气势取胜的大赋相比，这篇抒情赋则代表了司马相如细腻传神的另外一种风格。尤其是最后一段，写主人公于漫漫长夜，揽镜自视，援琴以消愁，孤独难熬，度日如岁，凄楚之情跃然纸上，令人动容。

《长门赋》表现了以陈皇后为代表的后宫女子“色衰而爱弛，爱弛则恩绝”的可悲可怜命运和悲愁心境，是宫怨题材的名篇，开赋体宫怨题材的先河。中国古代帝王有所谓的“三宫六院”“后宫粉黛三千”，不仅在京都宫廷，而且在各地的行宫别院，也处处有宫女。被选入宫的秀女，只有极少数人能侥幸得到皇帝的一次两次宠幸，多数终生难得见皇帝一面。即使那些出人头地，能晋身嫔妃的女子，也时时面临失宠的危险。因此，反映这些宫女幽怨的文学作品不绝如缕，形成了中国古代文学中一个特殊的题材。

《长门赋》还开创了中国文人稿酬的最高纪录。司马相如写此文，陈皇后开价是黄金百斤。黄金百斤是个什么概念呢？一斤相当于十万钱，西汉时一匹马的正常价钱为两万钱，一个像样的奴婢仆人也不过这个价钱，一百斤可以买500匹马。

陈皇后“百斤买赋”，让后代文人念念不忘。宋代大文豪辛弃疾在《摸鱼儿》一词中就咏道：“长门事，准拟佳期又误，蛾眉曾有人妒。千金纵买相如赋，脉脉此情谁诉？”也有不少人拿这说事，反过来讽刺花心的司马相如冷淡卓文君，移情别恋于茂陵女子。清代的乾隆皇帝写过一首《白头吟》，说：“相如赋长门，因之得黄金，如何卓文君，又作《白头吟》。”可见，这篇《长门赋》是多么地被人津津乐道。

4. 赋仙气凌云——《大人赋》

司马相如的骚体赋，除《长门赋》之外，还有《哀二世赋》和《大人赋》两篇，也是为讽喻帝王而作的。《哀二世赋》哀叹秦二世胡亥持身不谨，信谗不悟，终至于身死国破，其用意在吊古以讽今，警示刘氏政权，要保持长治久安，就必须汲取秦之覆灭的历史教训。《大人赋》本是讽谏汉武帝好神仙方术的，但汉武帝读后，反倒“飘飘有凌云之气，似游天地之间意”。这里重点说一下《大人赋》。

秦汉时期，方术、神仙盛行，秦始皇就多次东巡，寻找海上仙山，并派人到海外寻找长生不老药。汉代帝王向往神仙、迷信方士的程度，比秦始皇更有过之。汉初，统治者忙于恢复生产和巩固政权，对于这类事体，还无力大事铺张。到武帝时，国力强盛，鬼神之祀尤被敬重，迷信之风甚盛，无论贵贱无不希望死后能升天成仙，在汉画像砖及一些出土明器上，升天图随处可见。影响所及，汉代人“死视如生”，厚葬成风，有人说，汉时天下贡赋的三分之一从葬山陵。近几十年来考古发掘的汉墓的情况，也充分证明了这一点。1972年发掘的湖南长沙马王堆汉墓，不过是西汉初一个仅有700户封邑的小小诸侯及其家属墓葬，出土随葬品竟多达3000余件。这说明，在经济形势还不太好的西汉初期，丧葬的奢侈已达到令人吃惊的程度。而到武帝国力强盛时，此风最甚。武帝即位后的第二年（前139），便开始为自己修建茂陵，历时53年，及葬时，那里树已有合围粗，陵园周长三里，地面建筑宏伟，墓内殉葬品也极奢华，金钱财物，不计其数。厚葬之风，是鬼魂迷信的深化反映，是对死后成仙的渴望。

武帝元朔四年（前125），司马相如被任命为“孝文园令”，负责管理汉文帝的陵墓，实际就是一个高级守墓人。这是个闲职，俸禄也不高，只有六百石，司马相如心中当然不满意，所以，整天揣摩武帝的心理，考虑献上一篇什么样的赋，才能得武帝欢心。有一天，司马相如见汉武帝，武帝夸他赋写得好，说对《上林赋》印象深刻。司马相如故作谦虚了一番，并以退为进，说《上林赋》还不算什么，还有比这篇更好的。汉武帝问是什么赋，司马相如就乘机献上了这篇《大人赋》。

◎ 西王母与东王公主宰的仙界
（山东嘉祥151年武梁祠西山墙刻）

《西京杂记》中记载，相如想献赋，不知道写些什么，后来梦见一个穿黄衣的老翁对他说："可以写《大人赋》。"相如就写了《大人赋》，进献给了汉武帝，还得到了四匹锦缎。这个故事无非是想说，司马相如作《大人赋》是天意，但实际上是，司马相如对汉武帝好神仙的心理把握得太准确了。

《大人赋》中的大人实是天子的化身，他不满足于中州狭小，离开此地，飞升远游，他乘云气、驾青龙，遍览四荒八极，游帝宫、娶仙女、会王母，最终进入"下峥嵘而无地兮，上嵺廓而无天"的虚无缥缈之境。司马相如虽极力描写武帝访仙的威仪，但仍坚持了赋“劝百讽一”的体制，把当时被方士们吹嘘得神乎其神的西王母写得很丑陋，而且说西王母清贫寂寥，靠青鸟为之取食，借以告诫武帝仙界并不足羡。然而，事与愿违，汉武帝读后还是飘飘欲仙。

◎ 西王母画像砖
（山东嘉祥宋山）

《大人赋》以超现实的想象描写游仙，是受楚辞中《离骚》和《远游》的影响，它们共同启迪着后世游仙诗的产生。

综观司马相如这些赋作，我们可以看到，无论是气势磅礴的散体大赋，还是清丽哀婉的抒情赋，他都能得心应手，确不失为一代赋宗，无愧于“赋圣”的美名。鲁迅在《汉文学史纲》中对司马相如的赋作出了中肯的评价：“然其专长，终在辞赋，制作虽甚迟缓，而不师故辙，自摅妙才，广博闳丽，卓绝汉代，明王世贞评《子虚》《上林》，以为材极富，辞极丽，运笔极古雅，精神极流动，长沙（笔者按：指贾谊。下三处括号同）有其意而无其材，班（指班固）张（指张衡）潘（指西晋赋家潘岳）有其材而无其笔，子云有其笔而不得其精神流动之处云云，其为历代评骘家所倾倒，可谓至矣。”

（三）用之则为虎，不用则为鼠——东方朔与《答客难》

在西汉中期的文人当中，东方朔是最有个性的一位，以滑稽著称天下，《答客难》是其代表性作品。

东方朔（前154—前93），字曼倩，平原厌次（今山东惠民）人。由于东方朔的滑稽言行广为后人传播，其形象大为扭曲，其实，他是一个有政治理想和深刻见解的人。其滑稽搞笑的一面，不过是在强权面前做出的一种姿态，借以保护自己、表达政见而已。司马迁在《史记》中称他“滑稽之雄”，晋人夏侯湛写有《东方朔画赞》，对其高风亮节以及

◎ 东方朔
（清代画像砖）

睿智诙谐，倍加称颂，唐代大书法家颜真卿将此文书写刻碑，此碑至今仍保存在山东省德州市陵城区。

武帝即位之初，征召天下贤良方正及有文学才能之人。各地士人、儒生纷纷上书应聘。东方朔也不失时机，上书汉武帝，他的上书光竹简就用了3000片，两个人才扛得起，武帝读了两个月才读完。在这份自我推荐书中，东方朔毫不谦虚，对自己的才能和长相一通自我表扬，说："我13岁才读书，勤学刻苦，三个冬天读的文史书籍就已够用。15岁学击剑，16岁学《诗》《书》，读了22万字。19岁学孙吴兵法和战阵的摆布，懂得各种兵器的用法，以及作战时士兵进退的钲鼓。这方面的书也读了22万字，总共44万字。我钦佩子路的豪言。如今我已22岁，身高九尺三寸。双目炯炯有神，像明亮的珠子，牙齿洁白整齐得像编排的贝壳，勇敢像孟贲，敏捷像庆忌，廉俭像鲍叔，信义像尾生。我就是这样的人，够得上做天子的大臣吧！臣朔冒了死罪，再拜向上奏告。"武帝读了这份推荐书，赞赏他的气概，便命令他在公车署中待诏。

公车令俸禄微薄，又始终没有见到皇帝，东方朔对自己的处境日渐不满，便想方设法，希望能够接近皇帝，获得提升。有一天，东方朔看见一个侏儒，就恐吓他说："你的死期要到了！"那侏儒问为什么，他说："像你这样矮小的人，活在世上无益，力不能耕作，也不能做官治理百姓，更不要说拿兵器到前方去作战。像你这样的人，无益于国家，只是活在世上糟蹋粮食，所以如今的皇上要统统杀掉你们。”侏儒听后，吓得大哭。东方朔对他说：“你先不要哭，皇上就要来了，他来了你去叩头谢罪，就能免你不死。”一会儿，武帝乘辇经过，侏儒大哭叩头，武帝问他为何哭，侏儒回答说：“东方朔说皇上要杀掉我们这些矮小的人！”武帝便找来东方朔，问为什么这样说，东方朔回答：“臣朔活着要说，死了也要说这些话。那矮子身长只有三尺多，一袋米的俸禄，钱二百四十。我身高九尺多，却也只拿到一袋米的俸禄，钱二百四十。那矮子饱得要死，我饿得发慌。陛下广求人才，如果您认为我讲的话对，是个人才，就重用我；如果不是人才，也就罢退我算了，不要让我在这里浪费粮食。”武帝听后哈哈大笑，便任命东方朔为待诏金马门，这样，他就有更多机会见到皇帝了。后来，还担任过常侍郎、太中大夫等职。

东方朔性格诙谐，言辞敏捷，滑稽多智，常在武帝前谈笑取乐，但骨子中还是一个有胆量、有气概的刚毅之士，能注意观察皇帝的情绪，适时直言进谏。建元三年（前138），汉武帝为了田猎游乐，拟规划出关中方圆百里的良田，建造规模宏大的林苑。朝中众臣大多迎合帝意，表示赞同，东方朔却认为，这是在争夺百姓的肥沃土地，侵夺农桑之业，会使国家缺乏物用，不可行。这份谏言就是《谏起上林苑疏》，全文收入《汉书》他的本传中。东方朔另外一件被后人称道的事，就是面斥董偃。相对于后代而言，西汉时对男女关系看得还很开。董偃是汉武帝长姑馆陶公主的面首，这位公主老而无耻，把个20余岁的青年放在身边，供其淫乐。这本应是汉宫丑闻，但武帝反而对董偃十分亲幸，元光五年（前130），武帝在上林苑为馆陶公主设宴，让人引董氏进去。当时，东方朔恰好在殿前持戟执勤，便上前断喝，斥责他说："董偃有三项罪名，都可斩头，怎么能进宫里去？"武帝只好作罢，从此，董偃也渐渐失宠。

东方朔还多次针对当时政治得失等建言建策，但始终被武帝当俳优看待，不得重用，在政治上建树不多。他一生著述不少，写有《答客难》《非有先生论》《封泰山》《试子诗》等，后人汇集成《东方太中集》。

据记载，东方朔向武帝上书，陈述农战、强国的计策，遭到冷遇，他便作《答客难》用以自我安慰。全文分设难和答难两部分。设难部分，假设有客为难东方朔，讥讽他官微位卑，对他的才能和道德提出责难。答难部分，先以"时异则事异"立论，指出武帝时与战国时士人的处境不同，遭遇自然而异，意在说明自己职小位卑的原因在世而不在己；接着论证自己职小位卑并非道德有缺陷，而修身是士人本分，不能因时而异，自己依然修身不懈；最后，指出当世德才兼备者必不得重用，反证自己得不到重用，恰恰是道德才能完备的表现。

《答客难》全篇诙谐幽默，实际上是东方朔用看似滑稽的笔调，抒发政治上的失意，及怀才不遇的感慨和牢骚，颇能代表其个性。"用之则为虎，不用则为鼠"，《答客难》深刻揭露了统治者对人才的随意抑扬，并为自己鸣不平，属于“士不遇”一类。

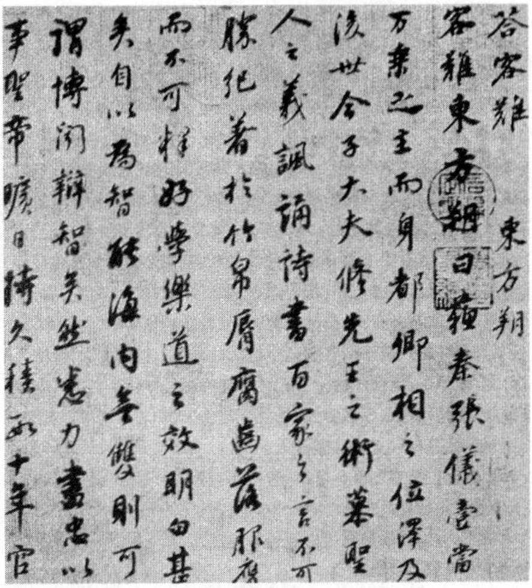

◎《答客难》（局部）
（明董其昌书）

《答客难》虽然没有以赋名篇，但实为赋体，不少学者将其归为散文赋一类。它半韵半散的形式无疑是一种革新和突破，对后世有较大的影响。全文语言疏朗，议论酣畅，不失为一篇优秀的赋作。从文学发展的角度看，《答客难》在内容和形式上，都对当时及后世产生了重要影响。宋玉写《对楚王问》首创对问体，东方朔不仅扩大了这一体裁范围，而且在汉代，学者争相仿效，扬雄的《解嘲》、班固的《答宾戏》、张衡的《应间》等，都是模仿他的作品。

（四）谁言雄主不多情——《悼李夫人赋》

在西汉的作赋群体中，除了像司马相如、东方朔之类的文人外，帝王将相也是其中颇引人瞩目的一部分人，这其中汉武帝刘彻最为出色。汉武帝在位54年，政治上多有建树，堪称一代雄主，但他也好辞赋，传世作品有《秋风辞》《悼李夫人赋》等，极受后人推崇，明人王世贞以为，此篇成就在“长卿下、子云上”(《艺苑卮言》)。《悼李夫人赋》是篇情思浓烈的怀人之作，反映了这位盛世雄主缠绵多情的一面。

这篇赋原载于《汉书·外戚传》，背后是汉武帝与李夫人的一段哀婉动人的爱情故事。赋中所悼念的李夫人，是一位美丽和头脑兼具的绝代佳人，是汉武帝晚年最宠爱的一位妃子。她是中山（今河北定州）人，天生丽质，尤善歌舞。其兄李延年是宫廷乐师，深通音律，喜作新曲，所作之曲深得武帝欢心。为了推荐自己的妹妹，李延年特作一首新歌，献给武帝：“北方有佳人，绝世而独立。一顾倾人城，再顾倾人国。宁不知倾城与倾国？佳人难再得。”汉武帝起初很疑惑，怀疑天下是否真有如此美貌的佳人，有人乘机向他进言，说李延年的妹妹就是这么漂亮。武帝便召李氏进宫，一见之下，果然被其美貌倾倒。

汉武帝得李夫人以后，爱若至宝。一年后，李氏生下一子，被封为昌邑王，就是后来的汉昭帝。可惜，李夫人红颜薄命，身体虚弱，日渐憔悴。武帝念念不忘，亲自去李氏的寝宫探视。深知色衰便意味着失宠的李夫人，为了自始至终能给汉武帝留下一个美好的印象，拒绝武帝来探病，见武帝来便以被蒙面，不让武帝看她。李夫人死后，汉武帝伤心欲绝，以皇后之礼营葬，并令画工绘制李夫人像，悬挂于甘泉宫，日夜徘徊瞻顾。为了能再见李夫人一面，武帝请来方士做法，方士夜里张灯设帐，让一位像李夫人样子的美女在里边，武帝坐在另一处帐中，远远望去好像又看见了李夫人，遗憾的是，他只能遥望，无法走近细看，更不能亲近。武帝因而更加悲伤，深陷痛苦之中，情难自禁，作诗一首："是邪，非邪？立而望之，偏何姗姗其来迟。"诗不足以抒发其胸中思念之情，又作赋以悼。

◎ 李夫人
（选自刘精民收藏《百美新咏图传——历代名女诗文图记》）

汉武帝作为一代雄主，并不以文名世，但这篇《悼李夫人赋》由于投注了极深的情感，因而写得缠绵悱恻，真挚感人，反映了汉武帝作为帝王而有血有肉活生生的一面，这正是此文的佳处所在。全文分正文与乱语两部分。正文写李氏之美，哀伤其短命，乱语则写亲人之悲痛。赋中运用了多种手法写李夫人之美，或直接描写，或托物比喻，或追忆烘托，借以反衬出李氏命短不长，也抒发了"思若流波，怛兮在心"的深切哀思。乱语写李夫人死后，武帝重申自己会信守誓言，照顾好其娘家亲人和儿子，并言仁者做事其实不必发誓，更何况亲人之间何需盟约呢？这应该是发自肺腑的真心话，淋漓尽致地表达了“呜呼哀哉，想魂灵兮”的一往情深。

在历代帝王辞赋中，这是较有代表性的一篇，同时也为后世的悼亡之作所宗奉，在文学史上有较大影响。故事本身也演化为典故，被后人广泛使用。例如，唐代大诗人白居易的《长恨歌》，开头的“汉皇重色思倾国”，结尾的“为感君王辗转思，遂教方士殷勤觅”，都与武帝的这段故事有着密切的联系。

（五）士人的盛世之悲——两篇“士不遇”赋

“士为知己者死，女为悦己者容”，这是广为人知的一句话。在长达2000多年的封建社会中，由于社会形态单一，读书的最终目的，就是“学而优则仕”“学成文武艺，货与帝王家”，因而，对于积极入世的传统士人来说，盛世不遇，始终是他们最为焦虑而尴尬的事。汉初以来，文人多不得志，因而常有感叹怀才不遇、生不逢时的作品。在汉赋作者中，董仲舒和司马迁堪称这方面的代表，董仲舒先有《士不遇赋》，司马迁继作《悲士不遇赋》，“士不遇”遂成为文人作品中常见的题材。

1. 鸿儒的隐痛——董仲舒《士不遇赋》

董仲舒（前179—前104），广川（今河北景县）人，西汉著名思想家，经学大师。少时读书，“三年不窥园”，治《春秋》，终成西汉鸿儒。武帝时，先后三次应诏对策，即所谓“天人三策”，建议“罢黜百家，独尊儒术”，被汉武帝采纳，受命为江都王相。在伦理上，他提出“三纲五常”，开创了以儒家思想为正统的局面，对后世影响深远。武帝建元六年（前135），因无法抗击政治风暴，黯然离开政坛，归老家中。

《士不遇赋》是董仲舒晚年的一篇抒情赋，抒发了自己与时俱老而“不遇”的深深悲哀：

> 呜呼嗟乎，遐哉邈矣。时来曷迟，去之速矣。屈意从人，非吾徒矣。正身俟时，将就木矣。悠悠偕时，岂能觉矣！心之忧欤，不期禄矣。皇皇匪宁，衹增辱矣。努力触藩，徒摧角矣。不出户庭，庶无过矣。重曰：生不丁三代之盛隆兮，而丁三季之末俗。以辩诈而期通兮，贞士耿介而自束。虽日三省于吾身兮，繇怀进退之惟谷。彼寔繁之有徒兮，指其白以为黑。目信嫮而言眇兮，口信辩而言讷。鬼神之不能正人事之变戾兮，圣贤亦不能开愚夫之违惑。出门则不可与偕往兮，藏器又蚩其不容。退洗心而内讼兮，亦未知其所从也。观上世之清浊兮，廉士亦茕

茕而靡归。殷汤有卞随与务光兮，周武有伯夷与叔齐。卞随务光遁迹于深渊兮，伯夷、叔齐登山而采薇。使彼圣贤其繇周遑兮，殄举世而同迷。若伍员与屈原兮，固亦无所复顾。亦不能同彼数子兮，将远游而终慕。于吾侪之云远兮，疑荒涂而难践。惮君子之于行兮，诫三日而不饭。嗟天下之偕违兮，怅无与之偕返。孰若返身于素业兮，莫随世而输转。虽矫情而获百利兮，复不如正心而归一善。纷既迫而后动兮，岂云禀性之惟褊。昭同人而大有兮，明谦光而务展。遵幽昧于默足兮，岂舒采而蕲显。苟肝胆之可同兮，奚须发之足辨也。

鲁迅在《汉文学史纲要》中说此赋“虽为粹然儒者之言，而牢愁狷狭之意尽矣”，一语道破了这位西汉鸿儒的内心隐痛。在形式上，《士不遇赋》承袭汉大赋铺排夸饰的特点，又在骚体之中掺入四言句式，常中有变，抒情言志，个性鲜明。由于董仲舒本人是一位饱学之士，长期治经学，所以此赋说理的成分较多，即使抒情也较含蓄深沉。文章行文平易，用典自然，代表了西汉辞赋中以说理、抒情为特征的另外一种传统。

2. “史圣”的哀叹——《悲士不遇赋》

司马迁（前145或前135—？），字子长，夏阳（今陕西韩城南）人，伟大的史学家、文学家、思想家。其父司马谈在朝做

◎ 司马迁
（选自明王圻、王思义撰辑《三才图会》）

太史令，职责是起草文书、编写史料，兼管国家典籍、天文历法等。司马迁10岁诵古文，20岁开始游历考察，足迹遍及南北。武帝元封三年（前108），他继父职任太史令，得以遍览大量的国家藏书、档案和文献，着手《史记》的写作，欲以“究天人之际，通古今之变”。天汉二年（前99），因为投降匈奴的李陵直言求情，触怒汉武

◎ 陕西韩城司马迁祠外景
（马庆洲摄）

帝，遭受宫刑。出狱后，任中书令，继续发愤著书，终于完成了中国第一部纪传体通史《史记》，被誉为“史家之绝唱，无韵之离骚”。约在汉武帝末年，一代“史圣”司马迁逝世。

据《汉书·艺文志》著录，司马迁有赋八篇，但大都不传，只有这篇《悲士不遇赋》保存在唐欧阳询等编纂的《艺文类聚》中。这篇赋不长，只有短短200余字，是否全文，已无从考察。但从内容看，当是司马迁因李陵事件罹祸后所作。

悲夫！士生之不辰，愧顾影而独存。恒克己而复礼，惧志行之无闻。谅才韪而世戾，将逮死而长勤。虽有形而不彰，徒有能而不陈。何穷达之易惑，信美恶之难分。时悠悠而荡荡，将遂屈而不伸。使公于公者，彼我同兮；私于私者，自相悲兮。天道微哉！吁嗟阔兮，人理显然。相倾夺兮，好生恶死，才之鄙也。好贵夷贱，哲之乱也。炤炤洞达，胸中豁也。昏昏罔觉，内生毒也。我之心矣，哲已能忖。我之言矣，哲已能选。没世无闻，古人惟耻。朝闻夕死，孰云其否。逆顺还周，乍没乍起。无造福先，无触祸始。委之自然，终归一矣。

理不可据，智不可恃。

此赋虽短，但表达的思想很明确，一是感慨士人之生不逢时，为自己的遭遇鸣不平，并对当政者的专断横暴表示极大的愤慨，揭露其善恶不分、公私不明、贪生恶死、好贵夷贱之丑行；二是表达不甘于“没世无闻”的雄心。篇末“无造福先，无触祸始”和“委之自然，终归一矣”等语，表露了作者内心“仕”与“隐”的矛盾和痛苦。这也是中国2000多年封建社会中知识分子一种永远的困惑。

司马迁以《史记》名震寰宇，并不以赋见称，但他生当大赋盛行的时代，流风所及，赋作也达到了很高的水平。《悲士不遇赋》反复铺陈、排比对偶，正是汉赋的主要特征。如果与董仲舒《士不遇赋》作一比较的话，我们可以说，董赋多儒家言，而司马赋多愤世语。这正反映了两人不同的身份，一为西汉大儒、一为史学圣手。

（六）音乐本无形，子渊妙赋之——王褒及其赋作

1. 写得好赋可疗疾

王褒，字子渊，西汉蜀郡资中（今四川资阳）人。其生卒年无从考证，只约略知道，他大约生于汉武帝在位晚期，卒于汉宣帝时期。王褒生活的时代，正是所谓西汉“中兴”的时期，实则也是汉王朝由盛转衰的时期。武帝晚年的时候，好大喜功、滥用民力，最终导致国库空虚，社会衰退，汉昭帝、汉宣帝在位时，努力矫正这种弊端，轻徭薄赋，与民休息，使社会经济有所恢复和发展，形成“中兴”的局面。这种相对安定

的社会局面，对以“铺采摛文，体物写志”见长的辞赋发展，是较为有利的，因而促使一批新的汉赋作家崭露头角。

在汉代喜爱辞赋的帝王中，宣帝也算是较突出的一位。即位后，他先后征召文学之士，如刘向、张子侨、华龙、柳褒等待诏金马门。由于益州刺史王襄的推荐，王褒被召入京，受诏作《圣主得贤臣颂》。宣帝很是欣赏其文才，外出田猎，总命其随从，所到之处，常令其写作辞赋，以歌功颂德。王褒成为一个地地道道的侍从文人，他在长安宫廷中的地位与东方朔有点相似，但缺乏东方朔那种鲜明的个性和直言进谏的精神。不久，他被提拔为谏议大夫，这是一个职位较低的官，俸禄比县令还要低点。后来，王褒奉诏前往益州祭祀，不幸病死途中。

王褒的仕宦经历比较简单，未见有大的作为，因而胸襟和气魄较司马相如要小得多。他的赋据记载有16篇，今存《洞箫赋》《九怀》《甘泉宫颂》《碧鸡颂》《僮约》等。其中，《洞箫赋》《僮约》两篇最富特色，影响也最大。

2. 附声测貌，泠然可观——《洞箫赋》

《洞箫赋》是描写洞箫的咏物赋，正是这篇赋让王褒赢得了“生前身后名”。据《汉书》记载，宣帝太子（即后来的汉元帝）有病，闷闷不乐，宣帝便令王褒等人去侍奉太子，一天从早到晚为太子诵读各种奇文及他们自己的作品。富有戏剧性的是，太子竟然康复了，诵文果真疗疾！太子非常喜欢这篇

《洞箫赋》，爱屋及乌，他还令后宫贵人以及身边的侍从都诵读它。

《洞箫赋》首尾都是骚体，中间则是以骚体为主而杂以散文的排比句，并且多用“于是”“故”“或”“是以”实虚词提挈、转折，使之具有了散文的气势。文章开篇就先交代洞箫的来历，以细致的观察及丰富的联想，形象地描写了箫的前身——竹子的形态及其生长环境，着重突出其生长环境之奇、险、苦、悲。接着，文章描写了制箫过程，以及箫成之后吹箫者的神情姿态，吹出的美妙而富于变化的箫声，并渲染了箫声所具有的巨大艺术感染力。最后，赋作者以乱辞总括全篇，写了箫声忽强忽弱、时急时缓的情状，赞颂它余音袅绕，悠远绵长，纷繁之声情合道德、中节操。

《洞箫赋》对音乐感染力的描写具有很明显的夸张色彩，但它对音乐作用的认可，甚至是夸张，也不无渊源。中国古代

◎ 彩绘髹漆竹排箫
（湖北随州曾侯乙墓出土）

对音乐的作用极为重视，有所谓“乐教”之说，《礼记》中就有一篇《乐记》，从理论上论述了音乐的起源、作用等。音乐艺术伴随着人类的起源和演进而发生、发展，经历过一个漫长的过程，中国古代的音乐文化历史悠久，内容丰富多彩。在中国早期文献中，就有很多关于音乐的记载，如《吕氏春秋·古乐》就提到三皇五帝时，士达发明五弦瑟、“葛天氏之乐”、黄帝令伶伦作律等传说。而大量乐器的出土，更证明了中国古代音乐文化的发达。音乐与文学有着与生俱来的紧密关系，中国古代诗乐不分，现存最早诗歌总集《诗经》本是可以入乐歌唱的，后来音乐失传，只剩下歌辞，这就是我们今天看到的《诗经》。

也许正是由于文学与音乐的这种密切关系，音乐才一直是文学作品中一个重要的题材。《诗经》《楚辞》中都有与音

◎ 彩绘乐俑
（湖南长沙马王堆 1 号西汉墓出土）

乐有关的篇章，战国末期宋玉名下还有一篇《笛赋》（也有人怀疑只是托名），枚乘《七发》中也有一段描写音乐的文字，而且据零星资料显示，枚乘还尝试着作《笙赋》。此后，在京殿都邑大赋等作品中，音乐之事也成为重要的描写内容。王褒的《洞箫赋》以整篇描写一种乐器，多方表现音乐之美，是第一篇专门描写音乐的作品，在中国文学史上具有多方面的开拓性意义。尽管从思想上看，王褒还未能超越儒家的那套音乐理论，但全篇以充沛的感情、奇特的形象，达到了较高的艺术水准，对后代的文风、文体产生了很大的影响，在中国辞赋发展史上有重要地位。

首先，在修辞造句方面，《洞箫赋》用的不是那种堆砌夸张的方法，而是精巧细微的描写，音调和美，形象鲜明，自创一格。所以，《文心雕龙》称赞其在描绘声音形态上形容尽致。篇中用了很多骈偶的句子，开启了魏晋六朝骈俪文学的大门。自此以后，这种骈偶的文字，在赋中一天天多了起来。

其次，《洞箫赋》标志着咏物赋的成熟。今所见最早的咏物赋是荀子《赋篇》中的《蚕》《云》二赋，但文中多隐语，辞也很简略，只能算是咏物赋的雏形。贾谊《鹏鸟赋》表面咏物，而实为说理。至于《西京杂记》所载枚乘《柳赋》、路乔如《鹤赋》、邹阳《酒赋》等，是不是可靠尚有争议，而且体制、规模也很小。把一个小小的物件，用长篇的文字来铺写其声音、容貌、本质、功能等而成为一种新的体裁，还首推王褒的《洞箫赋》。之后，咏物赋就渐渐多起来，扬雄、班固、张衡、王逸、蔡邕等，都写过此类的作品。魏晋六朝时，咏物赋就更多了。

3. 滑稽之流，亦可奇玮——《僮约》

王褒的《僮约》大约作于神爵三年（前59）前后，是一篇极有特色的赋体俳谐文，充满了幽默感，曾被人称为“千古奇文”。此文讲述的是：神爵三年正月，蜀郡王子渊（即王褒本人）因事到湔（今四川都江堰），住在寡妇杨惠的家中，杨家有一家奴名叫便了，是她已故丈夫买来的。王褒让便了去买酒，但便了却十分不情愿，拖着一根大木棒到杨惠丈夫的墓前，说：“大夫买便了时，只要守家，不要为他人沽酒。”王褒大怒，决定惩戒一下这个强悍的家伙。于是，便写下了一篇买券，对这个家奴提出了十分严厉而苛刻的要求。

两汉时期，存在着大量的奴婢，从工商巨贾到达官贵人、强宗豪右，普遍拥有数量众多的奴婢，如西汉蜀郡卓文孙家就有僮仆800人，在两汉乡村中，奴婢也普遍存在。奴婢的地位十分低下，他们往往与田宅相提并论，视为主人财富的一部分，可以随便买卖、赠送、继承和使用。《僮约》的内容意在警告像便了这样倔强的奴仆，必须低眉顺眼地服从主人的使唤，不得有任何违抗，客观上描写了汉时家奴从朝至夜劳作的状况，反映了他们的悲惨命运，是关于西汉家奴生产生活状

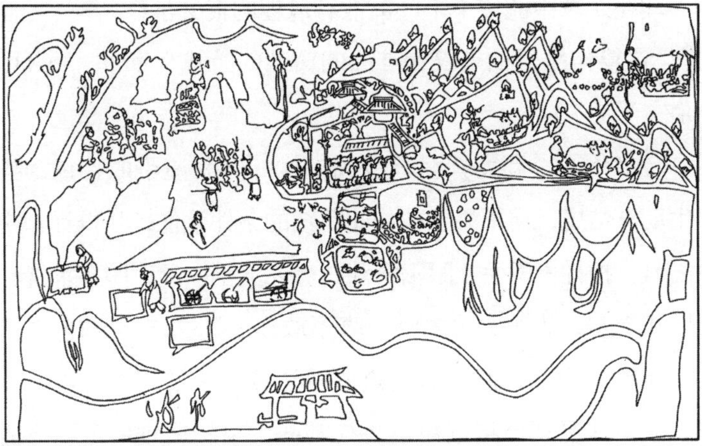

◎ 壁画《庄园图》
（原图 1972 年内蒙古和林格尔出土）

况极为具体真实的写照，具有较高的认识价值和审美价值，在汉赋作品中是独一无二的。在一些赋的总集或选集中，往往不见《僮约》的影子，可见，不少人并没有把它看作是赋。但就内容而言，《僮约》实际上是一篇带有游戏性质的俗赋，郑振铎曾说："汉宣帝的时候，有以辞赋起家的王褒（字子

◎ 陶俑
（陕西咸阳汉景帝阳陵丛葬坑出土）

渊）却在无意中流传下来一篇很有风趣的俗文学作品——《僮约》。这篇作品恐怕是汉代唯一的白话的游戏文章了。”（《中国俗文学史》）

《僮约》全篇发挥赋体罗列铺排、夸张渲染的特色，描写生动。结尾，便了果然被如此苛刻的条件唬住，吓得话都说不出口，拍打着两手，眼泪汪汪，鼻涕流下一尺，叩头求饶，“早知当尔，为王大夫酤酒，真不敢作恶”，富有戏剧色彩。在汉赋艺术史上，此文有两点值得注意：一是其语言诙谐幽默，通俗浅易，已接近口语，与某些大赋的典雅板正，形成鲜明对比。其二，文中所罗列之事，均为芸芸众生的日常生计，与歌颂帝国声威的京殿苑猎赋等相距甚远。从这个意义上说，《僮约》显示了汉赋多姿多彩的一面，对于促进汉赋风格的多样化、拓展其表现空间，无疑有其积极意义，所以《南齐书·文学传论》评价说“滑稽之流，亦可奇玮”。

肆

虽云模拟，不无新创

(一)从衰落到中兴

从公元前48年汉元帝即位起，至公元88年东汉章帝去世为止，共136年，历经元帝、成帝、哀帝、平帝、汉孺子婴、新朝王莽、更始帝，东汉光武帝、明帝、章帝诸朝。这一时期，又可以王莽新朝灭亡为界分为两个阶段，即西汉后期和东汉前期。

汉武帝时国势发展到极盛，但武帝好大喜功，内兴功利，外事四夷，劳民伤财，导致国力下降，在晚年才有所悔改。昭、宣时继续实行与民休息的政策，社会经济得到一定的恢复和发展。但从元帝时，王权旁落，外戚、宦官得势，最终外戚王莽废汉自立，定国号“新”。王莽未能挽救西汉末年以来的社会危机，反而使各种矛盾激化，引起更大的混乱，最终，刘秀借农民起义的力量，于25年重建汉政权，改国都洛阳，史称东汉，汉朝重新恢复大一统的局面。这一时期，虽有西汉、东汉之分，但他们面临的社会问题、经学思潮等都极为相似。从辞赋发展的角度看，赋风也大致相同，散体大赋仍居赋坛主导地位，《子虚赋》《上林赋》所开创的大赋模式，成为这一时期众多作家创作的共同范式，但他们的作品都无法超越前人，因而，文学史上有人称这一时期为汉赋创作的“模拟期”。

具体说来，西汉元帝后，国家日趋衰败，直至王莽代汉，这几十年中，辞赋创作的势头要比武帝、宣帝时明显减弱，作家作品相对要少。朝廷已无德可歌、无功可颂，所以歌功颂德之作尤其少见，作品的讽喻性加强，抒发对现实黑暗政治不满、有较强讽刺精神的楚骚受青睐。从现存作品看，除扬雄早年所作《蜀都》等数篇京殿、苑猎郊祀赋外，其他作品多是发愤抒情的。

东汉前期，社会经济得到恢复，社会相对稳定，汉帝国声威重振，有所谓“光武中兴”之说。三代统治者重视文治，喜好文辞，在此形势下，辞赋创作仍然呈现兴盛势头，且在题材上较前一代有进一步的开拓。围绕定都问题，京都大赋应运而生，班固《两都赋》是杰出代表。

（二）扬雄辞赋举天闻

1. 西蜀有子云

在汉赋发展史上，扬雄是有重要地位的作家之一，后世常以“扬马”并称。扬雄（前53—后18），字子云，西汉蜀郡成都（今四川郫都）人。他出生在一个没落的小地主家庭，家境很一般。和司马相如

◎ 扬雄
（选自明王圻、王思义撰辑《三才图会》）

一样，他也有点口吃，不善言谈，为人简易，不向往富贵，喜欢深思。自少年时扬雄就勤于读书，博览多识，酷好辞赋，后来成为学问渊博，经学、小学、辞章兼长的学者和作家。

42岁后，扬雄到京师寻求发展。大司马王音把他召为门下史，推荐为待诏。后经蜀人杨庄的引荐，被喜爱辞赋的成帝召入宫廷，成为身边的文学侍从，跟从祭祀游猎。一年后，升为给事黄门郎。他的官职一直很低微，历成、哀、平三世，官位都没有变化。王莽称帝后，为了防止自己以制造符谶等迷信手段登上皇帝宝座的机密泄露，捕杀曾经参与其事的人，扬雄受牵累。有一天他正在天禄阁校书，闻听有人来捉拿他，无奈之际，跳下阁楼企图自杀，但没有成功。这件事成为轰动京城的新闻，很快传开，并出现了一首讥评他的童谣："惟寂寞，自投阁。爱清静，作符命。"讽刺扬雄言行不一，以为他也参与了王莽篡位的勾当，以至投阁自杀，但实际上可能是误解了他。扬雄晚年仍过着清贫的生活，最后在忧惧、郁闷中默默无闻地死去。

扬雄的辞赋创作，以成帝去世为界分为前后两期。前期即蛰居成都和游走京师为成帝作辞赋时期，此时，他政治热情较高，关心朝政，对汉成帝寄予厚望，作品洋溢着昂扬乐观的情调，主要有《蜀都赋》《反离骚》《甘泉赋》《河东赋》《羽猎赋》和《长杨赋》，其中后四篇是他的代表作，而《蜀都赋》则为都城赋的先声。此期，扬雄在创作态度上也是非常认真的，而成帝以后，扬雄的辞赋创作发生了很大变化。受仕途不得志，生活长期拮据和冷酷现实的影响，他对现实政治产生了失望和不满，赋作对现实生活问题的暴露比前期要深刻，消极避世思想也较浓重。主要作品有《太玄赋》《逐贫赋》《酒赋》《解嘲》等。

扬雄早期以辞赋闻名，晚年对辞赋的看法却有所转变。他评论辞赋创作是“欲讽反劝”，认为作赋乃是“童子雕虫篆刻”“壮夫不为”。另外，他还提出了“诗人之赋丽以则，辞人之赋丽以淫”（《法言·吾子》）的观点，把楚辞和汉赋的优劣得失区别开来。扬雄关于赋的评论，对赋的发展和后世对赋的评价有一定影响。

扬雄一生专心著述，除辞赋外，又仿《论语》作《法言》，仿《周易》作《太玄》。另有语言学著作《方言》等。

2. 子云相如，同工异曲——扬雄四赋

扬雄40岁以后来到长安，成为汉成帝的侍臣。次年，成帝先后巡幸甘泉宫、长杨宫，进行祭祀、狩猎等活动。每次出行，都让扬雄跟随，并命其作赋，歌功颂德。扬雄不敢怠慢，也想借机展示自己的才华，于是呕心沥血，于成帝元延二年（前11）、三年（前10）期间，创作出《甘泉赋》《羽猎赋》《河东赋》和《长杨赋》四篇大赋，掀起了汉赋创作的又一个高潮，并奠定了其在文学史上的地位。

为创作这几篇赋，扬雄确实付出了极大的气力。他的好友桓谭的《新论》中记载，扬雄作赋时，梦见自己五脏六腑都出来了，只好用手捧起还原回去，醒来，大喘心悸，元气大伤，病了足足一年。

这四篇赋属于京殿苑猎郊祀一类。这几篇赋前都有扬雄自己所作的《序》，据此知，他作《甘泉赋》等，皆有讽喻劝谏之意，“奏《甘泉赋》以讽”“上《河东赋》以劝”“古聊因《校猎赋》以风之”“上《长杨赋》……以风”，只不过赋中表现的讽意很微弱，与司马相如相似。

扬雄作《甘泉赋》企图讽喻劝谏的，一是戒奢，一是戒色。汉成帝无子，为求继嗣，他“郊祀甘泉泰畤，汾阴后土”。汉代的甘泉宫，本是秦的离宫，建筑极其奢华，汉武帝

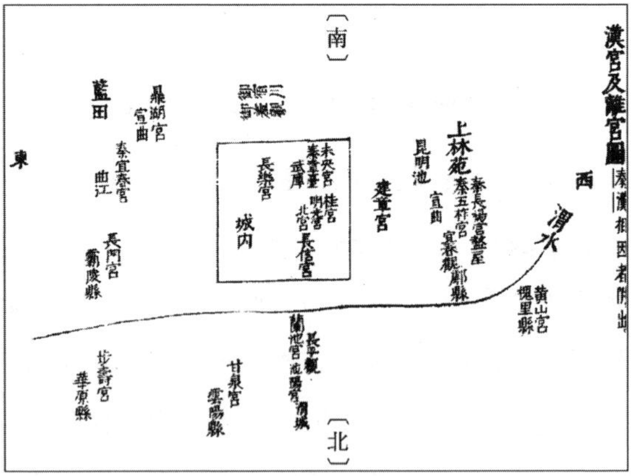

◎ 甘泉宫位置示意图
（选自《考古与文物》1990 年第 2 期）

又增修了很多宫殿。据记载，宫的周长有19里，宫殿楼观堪与建章宫相媲美，百官在此皆有邸舍，它不仅是汉代帝王的避暑胜地，而且许多重大的政治活动也在此举行。甘泉宫的崇殿华阙，是穷奢极侈的代表。汉成帝每次去甘泉宫，往往是假祭祀之名行游乐之实，而且规模场面很大。这两次祭祀活动，扬雄均随从在场，目睹了当时的奢华，因此在《甘泉赋》中，他极力描绘，夸张铺饰，着力写天子出行场面的盛大，并将此宫与传说中的上帝宫殿相比拟，实则是希望对统治者能有所警戒。

汉成帝还好色无度，上演了许多宫闱丑剧。他从做太子时，就以好色闻名，即位以后，先立许嘉之女为皇后，并效仿天子“一娶九女”的古礼，下令从良家女中采选美女以备后宫。但没多久，赵飞燕就以婕妤的身份取代许氏为皇后，不到一年，成帝又移情别恋，专宠赵飞燕的妹妹赵昭仪，将赵飞燕移居别馆。赵飞燕生性淫荡，居别馆时，竟与身边的侍郎、宫奴等私通，虽然有人上书揭发，但多被成帝杀掉，所以赵飞燕更加淫恣。扬雄在《甘泉赋》中写道，古之天子追求女色总是首先要想到利害，宁肯选择西王母那样年岁稍长但行为端庄的女神，也绝不接受玉女和虙妃这样年轻但举止轻佻者的求爱，他们不给玉女、虙妃这样的女子邀宠献媚的机会，坚守道德的底线并接受神明的监督。如：“风傱傱而扶辖兮，鸾凤纷其御蕤，梁弱水之濎濙兮。蹑不周之逶蛇。想西王母欣然而上寿兮，屏玉女而却虙妃。玉女无所眺其清庐兮，虙妃曾不得施其

◎ 赵飞燕
（选自顾虎头画《列女传》插画）

峨眉。方览道德之精刚兮，侔神明与之为资。”言语中劝谏汉成帝戒色的用意是很明显的。

成帝在位时，朝政已旁落，由外戚王氏把持，成帝因此沉溺女色、宴乐而不思进取。元延二年（前11）三月，成帝率领群臣祭祀汾阴后土之后，便“游介山，回安邑，顾龙门，览盐池，登历观，陟西岳以望八荒”，实际上是搞了一次规模浩大的公款旅游。由于这次游览的主要是五帝、三皇的遗迹，还有与古代圣君贤臣事迹有关的地方，扬雄就作了《河东赋》，借以激发汉成帝整顿朝纲、勤政爱民的进取之心，意在劝，劝即勉励、激励，这与其他三赋以讽喻为主不同。

西汉一朝，武帝始大建离宫别馆，开游猎之风，成帝时游幸游猎之风尤甚。与其前代帝王相比，汉成帝之游猎不仅规模巨大，而且极其铺张，为祸更烈。汉成帝元延二年十二月，成帝外出羽猎，羽猎就是使士卒负箭而猎，扬雄亲见这场羽猎场面，认为，如今的羽猎，从天子乘坐的田车、随从的戎马、狩猎所用的器械，到狩猎队伍所需要的食用之物以及围猎野兽的装备，都极其奢侈华丽而铺张，有违先王创狩猎之礼仪的本意，担心后世会因袭这种奢丽铺张的风气，所以作《羽猎赋》以讽谏皇帝。扬雄在赋中竭力夸耀羽猎场面之壮观及规模之宏大，以造成歌功颂德的假象。写场面的壮观，“举烽烈火，辔者施技，方驰千驷，校骑万师”；写规模的宏大，“车骑云会，登降暗蔼。泰华为旒，熊耳为缀。木仆山还，漫若天外。储与虖大溥，聊浪虖宇内”。但扬雄用意是否定和批判这种劳民伤财、为祸百姓的狩猎活动，只是自

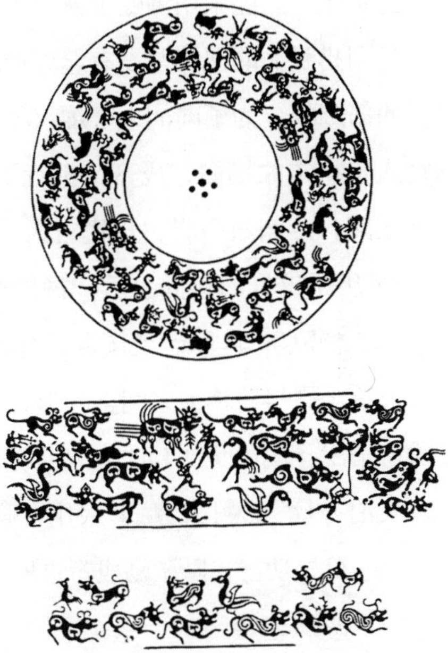

◎ 狩猎场面
（山西浑源李峪出土战国青铜豆纹饰）

己身份卑微，只能采用寓贬于褒的手法来表达。

《羽猎赋》的讽谏并没有起到谏阻皇帝游猎的作用，羽猎之后的第二年，为了向胡人夸耀汉朝种类繁多的禽兽，更为了观赏人兽搏击的场面，成帝又举行了“长杨观猎”。观猎活动区域辽阔，方圆数千里，规模宏大，扰民严重，“农民不得收敛”。亲历了这样的场面之后，扬雄按捺不住心中的忧愤，写下了《长杨赋》。此赋改变了以往作赋极尽铺陈描写的做法，采用子墨客卿与翰林主人问答的形式，直陈其事，直奔讽谏的主题，指出圣明的天子应“仁沾而恩洽，动不为身”“玄默为神，淡泊为德”。《长杨赋》采用了晓之以理、动之以情的写法，历述祖先功德，以激励成帝进取之心，促其幡然醒悟。

扬雄四赋，铺写天子祭祀之隆、苑囿之大、田猎之盛，结尾兼寓讽谏之意，继承的是司马相如赋的写作范式和表现手法，所以唐代韩愈在《进学解》中说：“子云相如，同工异曲。”但是，扬雄毕竟是一位不同凡响的文学家，他的模拟也并非是亦步亦趋，而能做到效法其人而不为之所囿，力争有所变化和创新，在题材和艺术上也有自己的特点。

首先是扩大了赋的题材。不仅描写帝王生活，就连贵族生活、官僚内幕、古代历史人物等也皆统摄其中，并把目光投向了地方都市。其次，开创了蕴藉迂徐的赋风。他的赋，讽谏说理成分大大加重，没有了西汉中期那股踔厉昂扬、闳放不羁之气，变得典丽深湛，词语蕴藉，从容徐缓，有儒雅之风。再次，炼字遣词奇崛诡丽，铺陈有度。扬雄赋文辞奇诡，人所共知，但奇字怪字多用在描写处，叙事时常用浅显文字。铺陈也不像相如那样繁琐，而是扼要简括，大赋的篇幅较其他诸家精短。

3. 穷愁但有骨，贫贱可安身——《逐贫赋》

扬雄抒情赋中较优秀的当推《逐贫赋》和《解嘲》。《解嘲》是一篇散体赋，写他不愿趋附权贵而自甘淡泊的生活志趣，纵横论辩，善为排比，对后世述志赋颇有影响。《逐贫赋》和《酒赋》，或表达自己甘于贫困，鄙视“贫富苟得”的志趣，或对皇帝、贵族有所讽谏，思想和写法也都各具特色。

《逐贫赋》构思奇巧，立意新颖，将“贫”拟人化，写自己逐“贫”却最终被“贫”说服的经过，以轻松诙谐的笔调，批判了现实的不平等，并揭示了底层人民生活的贫困和窘迫。赋大致分两层，第一层先叙写作者失志隐处、终贫且窭的境况，再写对“贫”的厌恶，对“贫”下逐客令：“舍汝远窜，昆仑之颠。尔复我随，翰飞戾天。舍尔登山，岩穴隐藏。尔复我随，陟彼高冈。舍尔入海，泛彼柏舟。尔复我随，载沉载浮。我行尔动，我静尔休。岂无他人，从我何求！今汝去矣，勿复久留。”笔致流利，格调诙谐，刻画出想努力摆脱贫穷却又不能如意的窘态，非常生动。第二层写“贫”的反驳，采用的是对比的手法，一方面赞美帝尧“土阶茅茨，匪雕匪饰”，以清贫节俭为美德，另一方面，谴责末世之人“纵其昏惑”的劣行，“饕餮之群，贪富苟得。鄙我先人，乃傲乃骄。瑶台琼榭，室屋崇高，流酒为池，积肉为崤”，集中夸说“贫”的“大德”。“堪寒能暑，少而习焉。寒暑不忒，等寿神仙。桀跖不顾，贪类不干。人皆重蔽，子独露居；人皆怵惕，子独无虞！”“贫”标榜自己能够使人活得无忧无虑。

与“贫”对话的结果是：“余乃避席，辞谢不直：‘请不贰过，闻义则服。长与汝居，终无厌极。’贫逐不去，与我游息。”这反映出作者安于贫贱，不汲汲于富贵的人生态度，在一定程度上是作者思想的真实体现。在中国古代的知识分子阶层中，安贫乐道不仅是人格上的自觉追求，如孔子就说“富贵于我如浮云”，孟子的“富贵不能淫，贫贱不能移，威武不能屈，此之谓大丈夫”，更是流传千古、用于自励的名言。

此赋全用四言句式写成，语言平易流畅、生动活泼，读之令人忍俊不禁，在文学史上产生过较大影响，唐代大文豪韩愈就仿此作《送穷文》。

（三）红颜未老恩先断——班婕妤《自悼赋》

西汉末期，出现了一位比较著名的女赋家——班婕妤。她的出现为男性独霸的辞赋天地，抹上了一丝温柔的色彩。

班婕妤（约前48—约前6），楼烦（今山西宁武）人，名字

◎ 班婕妤
（选自顾虎头画《列女传》插图）

已失传，婕妤是当时后妃的位名。她的父亲是班况，最早由举荐授为郎官，由此得以步入官场，在汉武帝出击匈奴的后期，驰骋疆场，立过不少汗马功劳。班况有三个儿子，班伯、班斿、班穉，他们因是贵戚子弟而顺利获得进身之阶，从他们兄弟三人开始，班氏家族成为儒学世家。班穉生班彪，班彪又生班固、班超和班昭，他们都成为了汉代历史上卓有影响的人物。下面会介绍到他们。

汉成帝初年，班况的女儿被选入宫，初为少使，因得成帝欢心，不久便被封为婕妤，居住在汉宫有名的增成舍，贵宠无比，几乎与皇后比肩。婕妤在嫔妃中仅次于昭仪，班家也由此上升为外戚，很有权势。西汉末年的谷永上书中曾说："建始、河平之际，许、班之贵，倾动前朝，熏灼四方，赏赐无量，空虚内臧。"班婕妤虽被宠幸，但不失礼法，常劝谏成帝以国家大事为重，不要沉溺于妻女私情之中。她在后宫中的贤德，有口皆碑，受到后宫里众人的尊重。有一次，成帝在后宫中游玩，想让班婕妤和自己一起乘坐辇车，班婕妤推辞说：“我观看古代的图画，发现古代的贤圣君主都有名臣守在身边，像夏桀、商纣、周幽王这样的亡国之君才有女宠侍奉一旁。今天想让我乘坐辇车，该不会想像他们一样吧？”成帝很赞成她的话，就不再要求了。太后闻知此事，十分赞赏，称赞说：“古有樊姬，今有班婕妤。”樊姬是楚庄王的爱姬，楚王好打猎，她进谏劝止，庄王不听，她便不吃禽兽之肉，庄王于是改正错误，勤于政事。樊姬也因此被列入《列女传·贤明传》之中。

当初汉成帝被班婕妤吸引，不仅仅是因为她的美艳，还与其才情有关。班氏的文学造诣极高，熟稔史事，时常引经据典，开导汉成帝，她还擅长音律，也能使汉成帝在丝竹声中忘却烦恼。所以，在一个时期内，班婕妤不仅是汉成帝的侍妾，她多方面的才情，使汉成帝可以把她当作朋友看待。但是，随着赵飞燕的入宫，汉成帝声色犬马，对班婕妤的宠幸也就宣告终止了。

赵飞燕生性嫉妒，诬陷班婕妤诅咒汉成帝，好在她的回答巧妙而有深意，成帝非常满意，同时对她产生怜悯之情，赐给黄金百斤。赵飞燕骄横嫉妒愈演愈烈，班婕妤担心时间长了，自己会受到危害，便要求到长信宫中服侍皇太后，后得到成帝允许。班婕妤退居东宫，心中难免感伤，便作赋表达自己的悲伤之情，这就是《自悼赋》。

《自悼赋》带有自述身世的性质，写的是作者的亲身经历，她先叙说自己在宫中得宠时，日夜警惧，唯恐德不相配，因而不忘修身，而后抒发自己容颜渐老和二子早夭的悲哀，“历年岁而悼惧兮，闵蕃华之不滋。痛阳禄与柘馆兮，仍襁褓而离灾。岂妾人之殃咎兮，将天命之不可求”。在君臣至上、夫权至上的封建社会中，女性的地位本就十分低下，作为后宫嫔妃，如果能生子而贵，或许还有出头之日。但班婕妤骨肉早夭，加之红颜渐衰，对女性而言，伤痛莫大于此。遭遇这双重的打击，作者对自己不幸的命运充满了迷茫，实际上已心灰意冷，对未来不抱任何希望：“白日忽已移光兮，遂晻莫而昧幽。犹被覆载之厚德兮，不废捐于罪邮。奉共养于东宫兮，托长信之末流。共洒埽于帷幄兮，永终死以为期。愿归骨于山足兮，依松柏之余休。”

最后“重曰”一段，作者进一步抒写了退居东宫后的凄楚和哀伤：

潜玄宫兮幽以清，应门闭兮禁闼扃。华殿尘兮玉阶落，中庭萋兮绿草生。广室阴兮帷幄暗，房栊虚兮风泠泠。感帷裳兮发红罗，纷綷縩兮纨素声。神眇眇兮密靓处，君不御兮谁为荣。俯视兮丹墀，思君兮履綦。仰视兮云屋，双涕兮横流。顾左右兮和颜，酌羽觞兮销忧。惟人生兮一世，忽一过兮若浮。已独享兮高明，处生民兮极休。勉虞精兮极乐，与福禄兮无期。《绿衣》兮《白华》，自古兮有之。

在幽闭的深宫中，殿越华、室越广、生活越奢华，人也愈感空旷落寞。这段文字，将感情的描写与环境有机地融合在一起，使人真切感受到作者的孤独、寂寞和绝望，不觉为其遭遇感到震撼。

此前写宫怨的赋，如司马相如的《长门赋》，出于男性之手，不过是代言而已，《自悼赋》是第一篇出于女性之手的宫怨赋，其诉说的怨恨惆怅之情更为真切动人，是汉代宫怨赋中的佳作，对后世产生很大影响。六朝时，《班婕好》《婕好怨》《长信怨》《玉阶怨》等受此赋影响而成为诗人喜爱的诗题。赋中“应门”“殿尘”“玉阶”等词语，也为后代表现妇女哀怨的诗赋所沿用。大诗人李白就有一首《玉阶怨》：“玉阶生白露，夜久侵罗袜。却下水精帘，玲珑望秋月。”该诗描写深秋的夜晚，一个痴心的女子在庭外石阶上长久伫立，等待丈夫归来。可是，一直等到深夜了，露水浸湿了罗裙和鞋袜，仍然不见丈夫的影子。于是，她只好进屋，放下帘子，却又难以入睡，隔着透明的窗帘，还在呆呆地遥望着秋月。白居易《后宫词》“泪湿罗巾梦不成，夜深前殿按歌声。红颜未老恩先断，斜倚薰笼坐到明”，同属宫怨诗。

除《自悼赋》外，班婕好还有一首《团扇诗》，也称《怨歌行》或《怨诗》，和《自悼赋》大约作于一个时期，题旨也基本一致。诗云："新裂齐纨素，鲜洁如霜雪。裁为合欢扇，团团似明月。出入君怀袖，动摇微风发。常恐秋节至，凉飚夺炎热。弃捐箧笥中，恩情中道绝。"诗中作者以扇子自喻，写洁白的绢扇，在天热时与主人形影相随，但秋天一到，就被弃置箱中，遭到遗弃，传达出一种幽怨的情感。这首《团扇诗》比《自悼赋》更为有名，"秋凉团扇"也成为女子失宠的典故，又称"班女扇"。

（四）情悠悠而哀长——刘歆与纪行赋

刘歆（？—23），字子骏，沛（今江苏沛县）人。其父刘向，是西汉著名的学问大家。刘歆在其父所撰《别录》的基础上编成了《七略》，班固《汉书》中的《艺文志》就是在《七略》的基础上修订而成。《七略》是中国最早的目录学著作，对先秦至汉代的学术作了一个总结，史学家范文澜在《中国通史简编》中将其称为与《史记》并列的汉代文化史。同时，父子二人也都是西汉后期较有成就的辞赋家。刘向的作品除《九叹》之外，其余均系残文。刘歆存有《遂初赋》。

《遂初赋》是哀帝年间刘歆自河内徙守五原时所作。在赋中，他一面叙述行程，一面回顾了所经历之地有关的历史人物、事件，借以抒发怀古伤今之情。刘歆是当时著名的经学家，对前代的历史掌故十分熟悉，沿途所经过的都是晋国故地，为他驰骋想象提供了有利的条件。此赋首段先简要说明了自己由京官外调的经过，接着便以行程为线索，列举晋地故事和五原一带的风光，借以抒发自己的情怀。当时的西汉已是日薄西山，处于极度衰败的状态，刘歆本人又自感不得志，因此，此赋景中带情，语言精丽整齐，清新自然。这种以行程为线索，列举沿途各地历史掌故以讽喻现实的写法，为后世的纪行赋提供了一种范式。刘歆之后，汉代较为出色的纪行赋是班彪的《北征赋》和班昭的《东征赋》。

班彪（3—54），字叔皮，扶风安陵（今陕西咸阳东北）人。他的家族，到他这一代已十分显贵，并且成为儒学世家，因而其受家学影响很大。班固20多岁时，西汉的农民起义失败，群雄割据，隗嚣在天水拥众割据，班彪前往避难从之。隗嚣顽固地要割据称雄，班彪劝说不听，只能离去，投奔窦融，且很受器重。他为窦融划策，归顺刘秀政权，为东汉统一做出了贡献。光武帝刘秀闻知其才，召见了他，授予官职。班彪时有奏言，对时政多所建议。班彪热心史学，尤其喜好汉代史，汉武帝时，司马迁撰写《史记》，只写到汉武帝，后事缺而无录。后来褚少孙、刘向、刘歆、扬雄等人或补或续，但班彪认为续作“多鄙俗”，不足以接继司马迁之书。于是继续采集西汉遗事，作《后传》数十篇，但因去世早，未能完成全书，后来，其子班固在此基础上完成《汉书》。

《北征赋》是班彪为躲避长安之乱而西去天水投奔隗嚣时所作，结构与刘歆的《遂初赋》相仿，也是以作者的行程为线索，并就沿途所经之地的史事抒发感慨，但借古喻今的成分相对少些。此赋格调悲沉，语言精丽整齐，写景清新自然，在艺术上略胜《遂初赋》一筹。

班昭（约49—约120），是班彪之女，一名姬，字惠班，因嫁给曹世叔为妻，所以也称“曹大家”。她博学多才，品德俱优，是东汉女辞赋家，更是中国古代第一位杰出的女史学家，她的兄长班固作《汉书》，其中八表及《天文志》没有完成，汉和帝令班昭在皇家藏书处东观续成全书。《汉书》问世，学者们争相传诵。班昭学问精深，常被召入皇宫，教授皇后

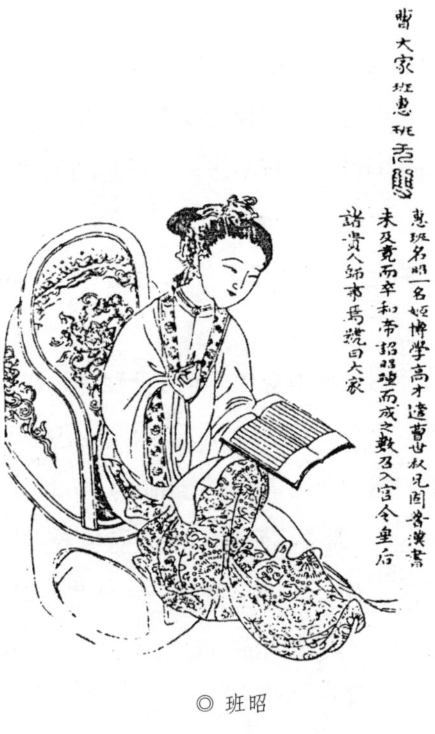

◎ 班昭

及诸贵人诵读经史，宫中尊她为老师，每当有贡献来的奇珍异物，还常令她作赋颂。马融是当时有名的大学者，为了请求班昭的指导，还跪在东观藏书阁外，聆听班昭的讲解。晚年，因为担心诸女“失容它门，取耻宗族”，作《女诫》七章，成为古代妇女的行动准则。班昭年逾古稀而逝，皇太后为她素服举哀，使人监护丧事，以示优礼。

汉安帝永初七年（113）正月，班昭的儿子曹成被任命为陈留郡长垣县长，她由洛阳东行送儿子赴任，途中写下《东征赋》。此赋纪行见志，开头写东行的时间、缘由及离故土去新地的悲怆之情。继而叙沿途观感，通过缅怀孔子、子路、季札等古人事迹，说明自古以来道德和仁贤最为可贵，勉励儿子只要仰高蹈景，正直不违，终可感动天地。结尾，再次勉励曹成“正身履道，以俟时兮”“敬慎无怠，思嗛约兮。清静少欲，师公绰兮”。曹成后来被封为关内侯，想来与母亲的教诲不无关系。

班昭在赋中交代，她作此赋的动机是效法其父班彪作《北征赋》之举。父女二人虽然同为纪行述志，但所反映的情绪大不相同，前人评论说：“前赋《北征》，重在悯乱；此赋《东征》，重在训子。题目相似，而用意不同。立言质实而不华，慎重而有体。班氏多贤，已有婕妤导其先路。”从文风上讲，《东征赋》的感情描写要比《北征赋》更为细腻一些，能于古淡中见丰度。

（五）京都赋的开创者——班固《两都赋》及其他

1. 良史之才班兰台

班固（32—92），字孟坚，扶风安陵（今陕西咸阳东北）人，班彪长子。自幼聪慧好学，九岁能诵读诗赋，并在父亲的影响下很留意汉代旧事。当时著名的思想家王充正值青春年华，从会稽老家到京城洛阳游学，仰慕班彪的学问，就前来拜班彪为师，虚心求教。王充由于经常到老师家中，就与年龄比他小五岁的班固也逐渐熟悉起来，他很欣赏少年班固的才能和志向。建武二十年（44）的一天，王充又来向老师请教。这时班固也恰好在客厅里，对他们谈论的时事，不时插上几句颇有见识的话，王充听后，十分吃惊，认为班固将来必定能完成撰写汉代历史的重任。

◎ 班固

随着年龄的增长，班固已不满足于儒学世家的家庭教育。建武二十三年（47）前后，班固入洛阳太学就读，在这里，他用功苦学，不死守章句，只求通晓大义，博览群书，穷究九流百家之言。班固性情宽和谦让，不因为自己才能出众而骄傲，所以得到了同学及士林的交口称赞。

建武三十年（54），其父班彪去世，由于父亲去世后生计困难，班固只好从京城迁回老家安陵居住。从京城的官宦之家，直降到乡里平民，对班固的打击很沉重。但他没有消沉，而是立志继承父亲未竟之业。他开始着手整理父亲的《史记后传》，并利用家藏的丰富图书，开始撰写《汉书》。东汉明帝永平五年（62），正当他全力以赴撰写《汉书》时，有人告其私修国史，班固被捕并关进了京兆的监狱，书稿也被官府查抄。私修国史在当时可是一个不小的罪名，班家老小都十分紧张，担心班固凶多吉少。

好在班固有一位智勇过人的弟弟班超，我们现在常用的两个成语“投笔从戎”和“不入虎穴焉得虎子”就是从他的话演化来的。他后来出使西域，建立奇功，封为定远侯，拜西域都护，扬汉威直至中亚达30年之久。为了营救哥哥，班超立即骑上快马，从老家急驰京城洛阳，他穿华阴、过潼关，以最快速度抵达京师，通过各种关系，终于上疏汉明帝。班超的举动，引起了明帝的重视，特下旨召见班超核实情况。班超将父兄两人几十年修史的艰辛及宣扬汉德的意向全部向汉明帝进行了诉说。这时，郡守也将在班固家查抄的书稿送至京城，明帝阅后，对班固的才华感到十分惊异，下令立即释放，加以宽慰。明帝器重班固的才干，立即召他到京都皇家校书部供职，拜为兰台令史，所以后世也称他为“班兰台”。兰台是汉朝专门的藏书之处，兰台令史的职责是掌管和校订图书，这个工作为班固著述《汉书》提供了极为便利的物质条件。班固后来又升为郎官，负责整理校雠皇家图书。这时班固已是“受诏修史”，能够专心于这项工程，汉章帝建初中，班固基本完成了《汉书》。班固继司马迁之后，整齐了纪传体史书的形式，开创了“包举一代”的断代史体例，为后世“正史”树立了楷模。

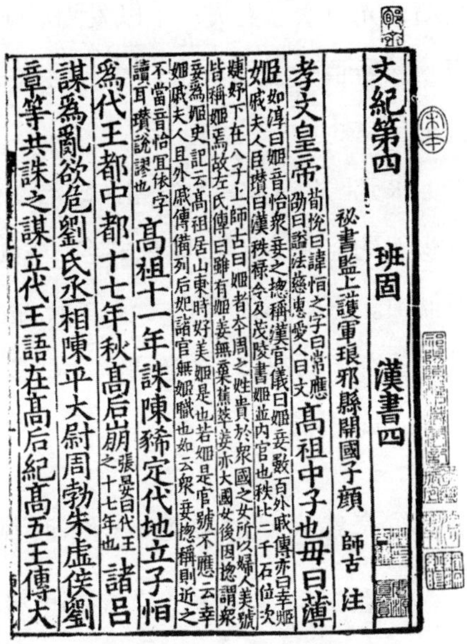
文紀第四　班固　漢書四

秘書監上護軍琅邪縣開國子顏師古注

孝文皇帝荀悅曰諱恒之字曰常應劭曰謚法慈惠愛人曰文高祖中子也母曰薄姬如淳曰姬音怡衆妾之摠稱漢官儀曰姬妾數百外戚傳亦曰幸姬戚夫人臣瓚曰漢秩祿令及茂陵書姬並內官也秩比二千石位次婕妤下在八子上師古曰姬者本周之姓貴於衆國之女所以婦人美號皆稱姬焉故左氏傳曰雖有姬姜無棄蕉萃妾亦大國女後因摠謂衆妾爲姬史記云高祖居山東時好美姬是也若姬是官號不應云幸姬戚夫人且外戚傳備列后妃諸官無姬職也如云衆妾摠稱則近之不當音怡宜依字讀耳瓚說謬也高祖十一年誅陳豨定代地立子恒爲代王都中都十七年秋高后崩張晏曰代王之十七年也諸呂謀爲亂欲危劉氏丞相陳平大尉周勃朱虛侯劉章等共誅之謀立代王語在高后紀高五王傳大

◎《汉书》书影
（北宋刻本）

汉章帝喜好儒术文学，很赏识班固的才能，多次召他入宫廷侍读，出巡时，也常让班固随侍左右，奉献所作赋颂。汉和帝永元元年（89），大将军窦宪远征匈奴，班固被任为中护军随行，参与谋议。窦宪大败匈奴，登上燕然山（今蒙古境内的杭爱山），命班固撰写铭文，刻石记功，留下了著名的《封燕然山铭》。文中，班固高度评价了对匈奴胜利的意义，也道出了汉武帝以后两汉不断与匈奴作战的原因：“上以摅高、文之宿愤，光祖宗之玄灵；下以安固后嗣，恢拓境宇，振大汉之天声。兹所谓一劳而久逸，暂费而永宁也。”成语“一劳永逸”就出自此处。

永元四年（92），窦宪在政治斗争中失败自杀，对班固早有积怨的洛阳令借机罗织罪名，将班固下狱。同年，班固死于狱中。班固不仅著有《汉书》，是史学高手，而且还擅长作赋，著有《两都赋》《幽通赋》《答宾戏》。其中《两都赋》开京都大赋先河。

2. 京都大赋的典范——《两都赋》

公元25年，刘秀称帝，定都于洛阳，史称东汉。自汉末开始的外戚之乱、王莽篡汉、绿林赤眉起义等，把西汉建立的礼制统统搞乱。刘秀光复汉室后，为了安抚天下，表明自己是继承前汉的正统，特别重视礼。建武六年（30）、十年（34），他两次到长安，祭祀高祖庙及前汉十一帝陵；十八年（42）三月，又重复这一举动。刘秀还下令修复关中的桥梁、道路、宫室等。光武帝的这一系列活动，让西土的遗老在一番感恩戴德之后，就有了企图，希望国都重新回到长安。京城是国之重心所在，是政治、经济、文化的中心。东土的新兴阶层愿意留在东都洛阳。国都问题，成为东汉时期一个重要的话题。

建武二十年（44），京兆杜陵人杜笃上《论都赋》，以为关中一带表里山河，是先帝旧京，不宜改营洛邑。希望迁都长安的呼声，时有所闻，整个武、明帝之世，一直有人重提迁都之事，甚至到章帝时，还能听到这种声音。这从一个侧面反映出东汉政权重建，社会趋于安定以后，人们对前汉昌盛时代的一种向往。

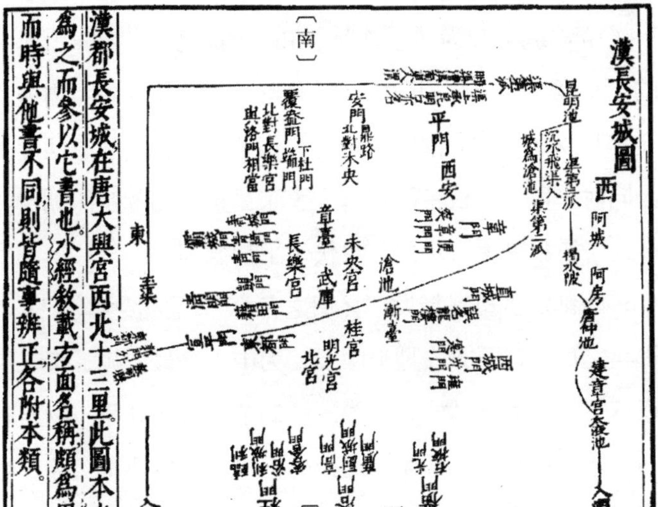

◎ 长安城图
（选自宋程大昌著《雍录》）

《两都赋》就是在这种大背景下创作的，大致作于永平、永元年间。在赋的前面，班固有一个序，清楚交代了作赋的原委和宗旨：一方面是“海内清平，朝廷无事，京师修宫室，浚城隍，起苑囿，以备制度”，另一方面是“西土耆老咸怀怨思，冀上之睠顾”。于是，作《两都赋》“以极众人之所眩曜，折以今之法度”。班固作赋的背景与杜笃一致，但两人的观点、感受却正相反。班固将西都、东都的选择，人们感受、主张的差异，归结为法度的不同，从而赋予作品以较强的理性色彩。所谓法度，即儒家倡导的节俭、教化。

《两都赋》分为《东都赋》和《西都赋》，实际上是一篇赋的上下章。作品虚拟西都宾、东都主人两个人物，借他们围绕迁都长安还是定都洛阳的辩论，表现了提倡、歌颂法度的主题。同时，歌颂了汉帝国京都的繁荣昌盛、四邻臣服朝贡的盛况、天子游猎的盛大场面及汉代帝王功德等。

《西都赋》重在抒发“怀旧之蓄念”“思古之幽情”。通过西都宾之口，盛赞长安地形险要，为中土之最，周、秦、汉三代在这里建立帝王基业，作为国都的条件得天独厚。物质基础方面，西京更具有东都无可比拟的优势，这里建筑宏伟、城池坚固、华殿高阙巨丽、士女游侠众多，尤其是昭阳殿，富丽堂皇，空前绝后。

昭阳特盛，隆乎孝成。屋不呈材，墙不露形。裛以藻绣，络以纶连。隋侯明月，错落其间。金釭衔璧，是为列钱。悲翠火齐，流燿含英。悬黎垂棘，夜光在焉。于是玄墀釦切，玉阶彤庭。碝磩彩致，琳珉青荧。珊瑚碧树，周阿而生。红罗飒缅，绮组缤纷。精曜华烛，俯仰如神。后宫之号，十有四位。窈窕繁华，更盛迭贵。处乎斯列者，盖以百数。

这幅画面集中展现了西都的豪华、丰腴，表现出华阙崇殿的壮丽之美。长安形胜天人合应，宫殿巨丽冠于古今，这是以西土耆老为代表的众人所炫耀的，是“国家之遗美”。在西土耆老看来，京都只能像长安那样，否则便不配作为都城。这是旧的京都意识，它以品物繁盛为唯一标志。

◎ 汉长安城城墙西南一角
（选自何清谷校注《三辅黄图校注》）

《东都赋》中，作者借东都主人之口，否定了西都宾所代表的旧的京都美理想和京都意识，他指出，西都宾之所以力主返都长安，就在于他们是秦人，他们不能站在天下主宰者的立场看问题，因此带有明显的狭隘性。同时，他又指出，这些人只认秦昭襄王、始皇的京都之美，而不了解大汉的京都之美，他们过分看重宫廷、河山的品物繁盛。

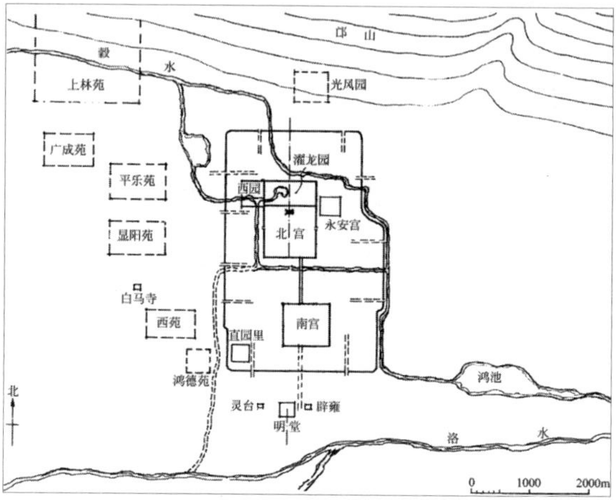

◎ 东汉洛阳主要宫殿分布图
（选自周维权著《中国古典园林史》）

《两都赋》的宗旨就在于批评旧的京都意识，确立新的京都观。他指出，主张迁都长安的人“颇识旧典，又徒驰骋乎末流，温故知新已难，而知德者鲜矣”。他们明于知古而昧于察今，孤立地、片面地强调城池、宫廷建设的品物之美，而不知礼乐文明建设对于京都的重要性。以充分体现礼乐文明的新的京都观，扬弃西都宾所代表的京都意识，这就是序言中所说的“折以今之法度”。而这，正是《两都赋》宗旨的集中体现。

《两都赋》在体制和表现手法上，明显取式于司马相如的《天子游猎赋》。但也有其独到之处，在辞赋发展史上有重要意义。

其一，开拓了汉赋题材，树立了京都赋的创作典范。《两都赋》将描写范围由帝王贵族的苑猎等，扩大到整个都邑的形势、布局和气象，写长安与洛阳两都的形胜、制度、文物等，内容更为丰富、开阔，从而也就更集中地、多方面地展现了一个时代的政治、经济、文化等各方面的状况，因而后世时有人加以模拟，形成京都赋的类型。尽管在班固之前已有都邑赋之作，但能使这类题材形成大赋的一种门类，完全有赖于《两都赋》的成就。之后，不断有人模拟《两都赋》，较早的是张衡《二京赋》，模拟最成功的则数晋代左思的《三都赋》。《昭明文选》把赋分为15类，京都赋位列第一，《两都赋》更是排在首位。

其二，在运用虚构、夸张等表现手法的同时，也融合了证实的表现手法，注重运用长安、洛阳的实际史地材料，对汉代社会生产的发展、城市的繁荣、物产的富饶，作了较为真实的反映。

其三，语言严整、富赡、平实、晓畅而又能据实而变。西都部分重在夸饰，故文字华丽、夸张，表现手法和艺术风格更接近司马相如，汪洋恣肆、富丽详赡，具有较强的艺术表现力；东都部分立意于法度，所以，手法较为平实，语言风格也较趋典雅、古朴。刘勰曾评论说："孟坚《两都》，明绚以雅赡。"（《文心雕龙·诠赋》）概括了《两都赋》的基本特点。

3.《幽通赋》《答宾戏》，致命遂志

班固的赋完整流传至今的还有《幽通赋》《答宾戏》，两篇

同属励志、明志之作，是述志之赋。

《幽通赋》大约作于建武三十一年（55），其时班固约24岁。当时，其父班彪去世，全家由京城迁回故里安陵。面对突然遭遇的家庭变故，班固颇感孤立无援，因此作此赋抒发了命运多变的感慨，表达自己对宇宙、历史、人生问题的思考，可以说是他青年时期的思想自白书。所谓“幽通”即“幽思与神通”，就是发千古之幽思，以达神明之幽境。此赋开篇自述身世，陈述了家族的盛衰，言其家族始自颛顼直至班彪，皆功名显赫，但自己却弱冠而孤，仕途失阶，班固幽思冥想，深感古往今来，万事万物迁流不息，乖违错杂，出人意料。人生的吉凶祸福，荣辱毁誉，幽不可测，非一己之力可以左右，故而欲求保身遗名，就应当顺应天性，诚信人助，从而达到圣明之境。班固在赋中所抒发的才高位卑、仕途失志的郁闷，实际上折射了当时奸佞充斥朝廷、贤达无缘仕进的现实，只不过班固深受儒家正统思想熏陶，把造成这种现象的根源归之于天道、王命而已，故有人评论此篇“俨然儒者典型”。

在写作程式上，《幽通赋》为骚体，大抵仿效《离骚》，以抒情为主，而述志、抒情融会贯通。此赋多借古人故事以陈情，虽为抒情小赋，但仍恣意铺陈，感情充沛，气势激越，有种感人至深的力量。但作为抒情小赋，此赋大量用典，也多少使文章显得有点冗赘拖沓。

《答宾戏》作于汉章帝初年，班固这时已入朝修史，他感于父子相承，都以文章才能显名于当世，但职务都很低，“位不过郎”，心中有所不平，所以作此赋以解嘲自慰，抒发怀才不遇的牢骚，重点表达了自己“笃志于儒学，以著述为业”的志趣。与《幽通赋》不同，《答宾戏》是散体，在形式上仿东方朔《答客难》及扬雄《解嘲》，以假设的“宾”与“主人”对话的形式，阐明了自己的价值观，文中“主人”实则是作者自己的化身。“宾”汲汲于功名利禄，认为“立功”好；而“主人”则沉潜于文章著述，认为“立言”好。中国古代有“三不朽”之说，《左传·襄公二十四年》云“太上有立德，其次有立功，其次有立言，虽久不废，此之谓不朽”，后来就把“立德”“立功”“立言”称为“三不朽”。“三不朽”是个重要的伦理命题，是自古以来中国仁人志士孜孜以求的一种永恒的价值理念。《答宾戏》中，“主人”说“立言”好，反映了班固笃信“立言”的价值，另外也是对自己20年没有升迁而焦虑的一种自我宽慰。也可以说，班固是在用他心中正面的价值，加强对于“立言”价值的肯定，借以祛除阴影，化解焦虑，坚定自己的选择。

《答宾戏》与《幽通赋》异曲同工，是班固自己决心要成就一番事业的独白，也是他走出迷茫，完成《汉书》这部史学巨著的精神动力。与东方朔《答客难》和扬雄《解嘲》相比，《答宾戏》的感情气势要弱一些，但文辞的典雅华美则远过之，刘勰在《文心雕龙》中对《答宾戏》给以很高的评价，认为此篇"含懿采之华"，实不过誉。

有趣的是，作为汉代最著名的文学家之一，班固留下了许多名作，在这些作品中，有《两都赋》《封燕然山铭》等事关国家政治、军事等的大制作，也有《幽通赋》《答宾戏》这样抒发个人思想、情怀的作品。但班固似乎更在意后者，他将《幽通赋》《答宾戏》收入《汉书》的《叙传》中，成为班氏家族史的重要内容。

（六）歌以咏言，舞以尽意——傅毅《舞赋》

在东汉前期的辞赋家中，傅毅也是较为出色的一位，其《舞赋》专门描写舞蹈之美，是迄今所见中国文学史上最早、最细致而又最生动地描写乐舞艺术的佳作，从一个侧面反映了汉代多姿多彩的乐舞百戏，从中我们还可以发现赋的作者及当时社会关于舞蹈艺术的一些美学观念。

◎ 东汉百戏图像
（四川泸州纳溪石棚乡崖墓东汉画像石棺上绘）

在中国古代，音乐与舞蹈多合称乐舞，舞蹈艺术的发展始终与音乐艺术紧密相连，汉代蔡邕认为“舞者，乐之容也”。华夏舞蹈起源甚早，《山海经·海内经》就说：“帝俊有子八人，是始为歌舞。”经过原始舞蹈和宗教舞蹈阶段的发展后，舞蹈的审美功能逐渐加强，专供娱乐的舞蹈开始出现，并繁荣起来。据载，夏桀时有女乐三万人，商纣王时更时兴“靡靡之音”“北里之舞”。秦汉后，国家设置了专门掌管音乐的机关——乐府，负责管理音乐、舞蹈，许多贵族也常蓄养乐舞艺人，歌舞之风盛极一时。而文学作品中对舞蹈的描写，《诗经》中就有，只是文字极其简单，到汉代，枚乘《七发》之首发便涉及音乐，第四发写宴游，也隐约可见宫廷乐舞的情景。

◎ 乐舞百戏画像
（四川成都出土）

司马相如《上林赋》已非常明确地写到了大规模宫廷乐舞的盛况。傅毅的《舞赋》是真正单独成篇的舞蹈赋。作为一种纯文学样式，赋亦文亦诗，本身就带有诗的节奏，从产生之日起，就与音乐舞蹈结下了不解之缘，《文选》单设“音乐”一类，之后的历代文集都十分重视乐舞赋的辑录，乐舞赋遂成为赋体文学中最为重要的题材门类之一。

◎ 乐舞百戏画像
（山东苍山东汉墓墓门横梁背面绘）

◎ 东汉许阿瞿画像
（河南舞阳出土）

傅毅（约42—约90），字武仲，扶风茂陵（今陕西兴平东北）人。傅毅少博学，以文名显于当世，章帝时为兰台令，和班固等一起校对内府藏书，班固曾在给弟弟班超的信中说傅毅"下笔不能自休"。曹丕是曹操的长子，即后来的魏文帝，有篇关于文学的重要论文——《论文》，认为傅毅的才能与班固在"伯仲之间"。傅毅的作品，除《舞赋》外，还有《洛都赋》《琴赋》《七激》等，均为残文片段。

《舞赋》前面有一《序》，《序》中作者假托楚襄王游云梦使宋玉作《高唐赋》之后，又置酒宴饮，观舞助兴，以此为由，写下了这篇作品。这种假托古人所作的模式，在现存的赋中，《舞赋》是较早的例子，引起后世很多人的模仿。在《序》中，作者假借宋玉之口，阐明了舞蹈艺术的重要功能："臣闻歌以咏言，舞以尽意，是以论其诗不如听其声，听其声不如察其形。《激楚》《结风》《阳阿》之舞，材人之穷观，天下之至妙。"作者认为，舞蹈是最能够传达难尽情意的艺术形式，谈论诗章不如听音乐，听音乐不如看舞蹈。换言之，舞蹈比诗歌、音乐更能表达情感。此言实则发挥了汉代人关于诗、乐、舞关系的看法："诗者，志之所之也。在心为志，发言为诗。情动于中而形于言，言之不足故嗟叹之，嗟叹之不足故永歌之，永歌之不足，不知手之舞之，足之蹈之也。"《舞赋》中对舞蹈功能的自觉探讨和充分肯定，说明东汉时舞蹈已挣脱政教束缚，成为独立的艺术形式。

赋文有三段，从背景、场面、散宴三个层次，用赋特有的铺排描绘的手法，把歌舞的艺术美创造性地再现了出来。

赋的首段，用铺陈华美的语句，描写了舞蹈的演出环境、观众情绪以及舞蹈演员的演前准备等。赋中描绘了一个月光皎洁的悠闲的夜晚，辉煌灯火照耀着华丽的屋宇，金罍玉觞美酒满溢，觥筹交错中，君臣酣醉，情意荡漾，宾客们个个一改常态，平日填塞胸中的郁结之情也释放了出来，不免手舞足蹈：“夫何皎皎之闲夜兮，明月烂以施光。朱火晔其延起兮，耀华屋而熺洞房。黼帐祛而结组兮，铺首炳以焜煌。陈茵席而设坐兮，溢金罍而列玉觞。腾觚爵之斟酌兮，漫既醉其乐康。严颜和而怡怿兮，幽情形而外扬。文人不能怀其藻兮，武毅不能隐其刚。”在此情景之下，舞女登场：“于是郑女出进，二八徐侍。姣服极丽，姁媮致态。貌嫽妙以妖蛊兮，红颜晔其扬华。眉连娟以增绕兮，目流睇而横波。珠翠的砾而炤耀兮，华袿飞髾而杂纤罗。顾形影，自整装，顺微风，挥若芳。动朱唇，纡清阳，亢音高歌，为乐之方。”这些舞女们真是貌若天仙，千姿百媚。优雅的演出环境、情绪激昂的观众、超凡脱俗的舞蹈演员，成就了精彩的舞蹈演出。

赋文第二部分，分别描写了单人舞蹈和群舞。单人舞：“其始兴也，若俯若仰，若来若往。雍容惆怅，不可为象。”舞蹈开始时，舞女忽而俯身向下，忽而仰面向上，忽而舞过来，忽而舞过去，仪态和缓，意尚未舒，简直难以用语言描述。而随着舞蹈情节的进展，她的舞姿像要飞起来，又像要飞回去，忽而耸起身子，又忽而倾塌下来，不假思索的每一个动作，以至手一指、眼一瞥，都和着音乐的节拍，轻柔的罗衣随风飘扬，长长的袖子左右相交，一会儿在空中盘旋，一会儿又聚合在一起，连续不停，翻转飞散：“其少进也，若翔若行，若竦若倾。兀动赴度，指顾应声。罗衣从风，长袖交横。骆驿飞散，飒擖合并。”

◎ 玉舞人
（1993年广东广州南越王墓出土）

在这部分文字中，作者不仅描写了舞女的形，还细致地刻画了单人舞蹈的神：“修仪操以显志兮，独驰思乎杳冥。在山峨峨，在水汤汤，与志迁化，容不虚生。明诗表指，喟息激昂。气若浮云，志若秋霜。观者增叹，诸工莫当。”舞蹈者要修炼仪容操守，才能更好地显示志向，通过舞势，传达出歌辞的内容，令观众情绪也随之激昂，达到乐师也没有达到的高境界。傅毅能如此早地描写出舞蹈表演的精神境界，在艺术上是极罕见的。

群舞则是全场演出的高潮，众舞者鱼贯进入舞场，依次站立等候，显露舞蹈的才华，角力美妙的舞姿，欢乐融洽，无不尽兴心怡：“于是合场递进，按次而俟。埒材角妙，夸容乃理。轶态横出，瑰姿谲起。眄般鼓则腾清眸，吐哇咬则发皓齿。摘齐行列，经营切儗。仿佛神动，回翔竦峙。击不致策，蹈不顿趾。翼尔悠往，暗复辍已。”

赋的最后，没有再正面写舞蹈，而是铺写曲终人散、车马喧嚣的热闹景象，他们离去时的神情虽然各不相同，但大家乘兴而来，尽兴而归却是一致的，反衬出演出的效果、舞蹈的魅力。

《舞赋》中所描写的舞蹈，是汉代十分流行的表演性歌舞——盘鼓舞，因舞者在鼓上及周围盘旋而得名。具体表演方法是，将一至七只鼓平放在地上，一人或数人在鼓上边舞边歌，器乐、声乐为之伴奏，汉代辞赋中写作“盘鼓舞”“七盘舞”。在已出土的汉画像石中，有很多表现“盘鼓舞”“七盘舞”的画面，如成都出土“鼓舞”画像砖、沂南出土“七盘舞”画像石。两汉时期的乐舞上承楚舞，又兼吸收了清新优美的民间乐舞，还出现了著名的歌人、舞人，刘邦之戚夫人、刘彻之李夫人和儿媳华容夫人、宣帝之母王翁须、成帝之后赵飞燕、少帝之妃唐姬等，都因善舞而受到宠幸。“上有所好，下必甚焉”，乐舞在汉代极为活跃，为《舞赋》的产生提供了现实的土壤。

从文学史角度看，傅毅的《舞赋》开拓了赋的题材，第一

◎ 建鼓舞
（河南南阳汉画像石）

◎ 东汉舞杂技
（四川彭州太平乡出土画像砖）

次以千余字的篇幅专门描写舞蹈艺术，表现手法也多有创新，为后来者提供了较为成功的经验，对张衡以及魏晋之后同类作品产生了较大影响。

（七）藏身千年，始见天日——《神乌赋》

1993年3月，在江苏连云港东海尹湾西汉墓中出土了一批

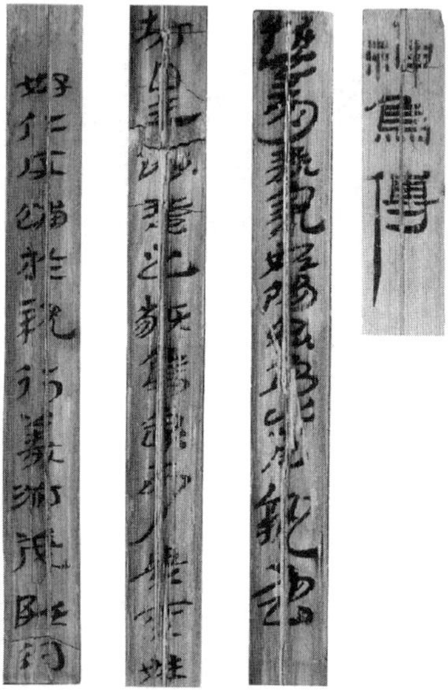

◎ 汉简《神乌赋》(局部)

简牍，内容包括郡级行政文书、名谒、赋、衣物、起居记等，为研究西汉历史提供了新的资料。尹湾简牍绝大多数出土于6号墓，计有木牍23枚，竹简130余支。在这批简中，有21支竹简比其他简宽一倍以上，上面共约有660字，是一篇四言写成的赋，经专家考证鉴定，最后名之为《神乌傅》(“傅”与“赋”通，也可写作《神乌赋》)，这是中国古代文学史资料的重大发现，为我们了解汉赋提供了新的实物证据，自然也引起古文字学家、古代文学研究专家等各界学者的极大兴趣，很快便有一批研究文章问世，对此赋的内容、性质等各个方面进行了较为全面的研究。

关于《神乌赋》创作的具体年代，目前学术界的认识尚不统一。但根据赋的内容，可以判断，它作于“儒学久已确立其独尊地位的时代”(裘锡圭先生语)，其上限可以定为武帝即位稍后，下限时间可以定为成帝河平三年(前28)刘向校书之前，也就是说，此赋大致作于西汉后期，这点学术界看法还是较为一致的。

《神乌赋》是一篇以鸟为题材的民间故事，讲述了一个完整的“禽鸟夺巢”的故事，通篇采用了拟人的写作手法。故事描述的是，一只雌鸟为了保卫自己的巢舍，与盗鸟作斗争，结果不敌盗鸟而受重伤，雄鸟解救不能而要求以身殉情，雌鸟不但拒绝了雄鸟的要求，还嘱咐他别再找其他的鸟，善待幼子。总之，《神乌赋》叙述的是一个恃强凌弱的悲剧，赞美的是夫妻生死与共的感情。

《神乌赋》是迄今所见最早的汉代佚赋，风格独特，熔叙事、咏物、抒情、说理于一炉，并兼有寓言性质，在今存汉赋中没有发现类似的作品，是在以讲故事为特色的所谓俗赋中，目前所能看到的时代最早的一篇。三国时，曹植作过一篇《鹞雀赋》，过去认为是我国最早的四言俗赋，但比《神乌赋》要晚约200年。敦煌发现的俗赋《燕子赋》篇幅比《神乌赋》长，内容也要丰富得多，但开头一段“仲春二月，双燕翱翔，欲造宅舍，夫妻平章……”风格与《神乌赋》也颇为接近。赋所写的雀占燕巢，而且在燕子回巢时还大打出手，也和《神乌赋》有类似之处。从中可以看出，它们之间应当存在着一种前后相承的渊源关系。

《神乌赋》的另一个特点是大量使用通假字、异体字。秦汉时，官方虽然在统一文字方面做过很多努力，有一些严格的规定，但国家疆域辽阔、方言众多，文字与口语数量相差悬殊，加之下层官吏和民间文化水平相对要低，因而书写文字不很规范。通假字、异体字的大量存在，也是俗文学的重要特征之一。《神乌赋》俗不伤雅，虽然没有汉赋中的瑰辞丽句，但叙事浅白流畅，紧凑自然，描写生动传神，对话针锋相对，神情毕现，引人入胜。

《神乌赋》篇名中就以“傅”作“赋”的假借，它的出现也解决了学术史上一个长期悬而未决的问题。《汉书·淮南王传》中记载淮南王刘安，“初，安入朝，献所作内篇，新出，上爱秘之。使为《离骚传》，旦受诏，日食时上”。其中的“离骚传”，清代王念孙认为当是“离骚傅”。“傅”与“赋”古字通，《汉书》原文到底作“离骚传”还是作“离骚傅”，自此成为一个悬案。《神乌赋》的出土，证明了王念孙的结论是正确的。

从书法史的角度看，《神乌赋》也极具意义，其篇名用隶书写成，通篇以章草为主，证明最迟在西汉末期，章草即已产生。有学者认为，其书法作品是书法历史长河中隶书向草书裂变的源头区，是由隶变草极为生动的一景。《神乌赋》布局不拘一格，用笔纵横不羁，神采飞扬，字字若行云流水，又古朴凝重，极具神韵，堪称书法精品。更为难得的是，它笔带感情，赋中开头写抒情场面时，笔意轻盈秀丽，而书写神乌与盗乌的争斗场面时，则字字锋芒毕露，刀光剑影，书法的精神与作品所流露的情感完美地结合在了一起。

伍

抒情小赋的崛起

（一）汉末衰世与赋风新变

从公元89年汉和帝即位到220年曹丕代汉，历经和帝、殇帝、安帝、顺帝、冲帝、质帝、桓帝、灵帝、献帝诸朝，一般视为东汉中后期，是汉赋发展的第四个时期。这一时期，歌颂国势声威、美化皇帝功业的大赋，逐渐让位于反映社会黑暗现实、讥讽时事、抒情咏物的短篇小赋。汉赋在思想内容、体制和风格上的这种转变，与东汉中叶以后的社会现实有直接的关系。

东汉社会的衰落，源于统治阶级上层的腐败。自和帝以后，太后临朝，外戚专断，皇权旁落。为了便于操纵，外戚总是设法立小孩子做皇帝，自和帝至献帝，皇帝大多年幼即位，即位时最大的是汉献帝，只有15岁，安帝只有1岁，是一种典型的孤儿寡母政治。而小皇帝一旦长大成人，往往不甘心做傀儡，只好通过身边的宦官来剪灭外戚势力，争夺皇权。中国历史上王朝政治的两大毒瘤——外戚和宦官，便恶性发作，他们交替专权，互相倾轧，国家长期陷入混乱之中，政治日趋腐败。无论哪一方得势，都是横征暴敛，奢侈成风，祸国殃民，从而导致社会动乱频仍，民生凋敝，百姓在死亡线上挣扎。国家贫弱，一般官吏的俸禄都难以支付，政府便挖空心思，公然标价卖官鬻爵，政治黑暗到了无以复加的地步。

◎ 东汉时贵族仪仗队画像
（选自翦伯赞著《秦汉史》）

外戚、宦官专权，朝官多系其党徒、亲信，文人入仕的正途被堵塞，报国无门，思想意识便发生巨大变化，失望、悲愤，失去了奋发扬厉的精神，忧国忧民的情绪成为他们思想的基调。有些文人还与朝中正直的官僚联合起来，议论朝政、抨击时弊、臧否人物，因而被统治集团视为主要的政敌，其先后制造两次党锢之祸，加以迫害。

也是在这个政治动荡时期，自然灾害频繁出现。据相关资料粗略统计，东汉中后期共发生水灾54次、旱灾40次、地震69次、蝗灾29次、瘟疫18次、大风冰雹等41次，基本上年年都有灾害发生，甚至一年有多种灾害，给社会经济和人民生命造成了严重损害。频繁的自然灾害对文人的心理及其创作也产生了重要影响。天灾与人祸并行，社会剧烈变化，死亡随时威胁着人们的生命，因而，文人们对个人的生死问题、生命的价值及意义，有了更多的关注。

随着政治经济的衰落，天灾人祸横生，以铺陈夸饰和颂扬功德为主的大赋相应失去了存在的基础，代之而起的是那种以抒情述志为主的、诗意更浓的抒情小赋。东汉中后期的辞赋发生了明显的转变。具体表现为：其一，充斥于东汉前期辞赋中的歌功颂德的内容几乎一扫而空，阐发儒家思想的成分也明显减少；其二，从传统大赋的情况来看，题材虽无多大变化，但由于统治思想束缚的放松，抒情的意味更为浓厚，表现世俗生活的内容显著增加，因而显得活泼有生气；其三，传统大赋由于其形式堆砌滞重，已不能适应文人抒发情致的需要，进而促进了小赋的崛起。这种短小的赋篇，不仅完全以抒情为中心，而且往往带有尖锐的批判性，更直接地反映了时代的情况。

东汉中后期，代表性的赋作家有张衡、蔡邕、赵壹、王延寿、祢衡等。张衡《二京赋》是汉大赋体制的极轨，是京都大赋的绝响，而其《归田赋》篇制短小，抒情性很强，是汉代大赋向抒情小赋转变的标志性作品。王延寿以一篇《鲁灵光殿赋》为汉大赋画上了圆满的句号。之后，抒情小赋便大行其道，赵壹的《刺世疾邪赋》、蔡邕的《述行赋》、祢衡的《鹦鹉赋》等，都是以抒情为主的作品。它们或直抒胸臆，或托物言志，或写景咏物，或针砭现实，从而走向了个人的情感与精神世界，也更贴近了现实生活。

（二）下笔绣辞，扬手文飞——张衡及其赋作

1. 数术穷天地，制作侔造化

张衡（78—139），字平子，南阳西鄂（今河南南阳卧龙区石桥镇）人。他出身于名门望族，祖父张堪自小志高力行，有“神童”之誉，为官清廉，曾领兵抗击匈奴有功，在他任内匈奴再也不敢来侵扰，因此被提拔为渔阳（今北京附近）太守。张衡深受祖父影响，自小刻苦向学，少年时即有文才，16岁以后离家游学，曾游于三辅，入京师、进太学，遂通五经、贯六艺。他致力于探讨天文、阴阳、历算等学问，名声引起朝廷的注意，永初五年（111）被征召进京，拜为郎中，后官至太史令，任此职前后达14年之久，完成了许多重大的科学研究工作。顺帝阳嘉二年（133）升为侍中，但不久受到宦官排挤中伤，永和元年（136）出京任河间王相。张衡到任后，打击豪强，上下肃然。永和三年（138），他上表请求归老，第二年去世。

张衡，是罕见的集科学与文学才干于一身的全能型人物。作为科学家，他“数术穷天地，制作侔造化”，善于制造机巧之物，如观察天象的浑天仪，著有《灵宪》《算罔论》，探讨天体的形成与运行的规律，提出了以气为基础的宇宙形成论。阳嘉元年（132），又制成了测定地震的地动仪，这在世界上也是

◎ 候风地动仪模型
（选自中国国家博物馆编《文物秦汉史》）

最早的。

作为文学家，张衡同样可圈可点，三国时祢衡称赞他“下笔绣辞，扬手文飞”。其文学创作以诗、赋为主，尤以赋著称。其诗今存者寥寥，但《同声歌》对后世颇有影响。其赋今存完整者有《二京赋》《南都赋》《思玄赋》《归田赋》《应间》，其余多为残篇，有《定情赋》《舞赋》《髑髅赋》等，题材丰富，体式或骚或散，篇幅有大有小，呈现出多样化的特点。最负盛名的是《二京赋》和《归田赋》，前者创汉赋长篇之极轨，后者开后世抒情赋之先河。在赋的发展史上，张衡是一位承前启后的大家。

2. 都邑大赋的绝响——《二京赋》

《二京赋》作于东汉和帝时，是张衡花十年工夫精思傅会而成的心血结晶。和帝中后期，东汉王朝由盛渐衰，奢侈之风日甚，所以，张衡作此赋，一是讽谏世风，其次也是对美丽、富饶、强盛、繁荣的汉帝国的歌颂。《后汉书》说："永元中……时天下承平日久，自王侯以下，莫不逾侈，衡乃拟班固《两都》，作《二京赋》，因以讽谏。精思傅会，十年乃成。"《二京赋》之所以能成为赋中精品，除了严肃的创作态度外，张衡青年时期的考察游历，也为他的创作积累了丰富的素材。假如没有现实生活经验，很难想象能创作出这样一种内容包罗万象的鸿篇巨制。

《二京赋》包括《西京赋》和《东京赋》两篇，二京，指汉代西京长安与东京洛阳。赋假托凭虚公子与安处先生的对话，有意将长安、洛阳作为两种对立的社会原则的象征来描绘，《西京赋》重在描写长安的奢华无度，《东京赋》则描写洛阳的俭约和礼治，对东汉的歌颂，用意是要统治者汲取西汉的教训，以为借鉴，并及时悔改。

《西京赋》假借凭虚公子之口，先对西京长安的繁荣奢华景象进行了一番描述，再叙长安地势之利、建都的必然，然后依次描绘宫室苑囿的华美壮丽和威严，其间又穿插商贾、游侠、角抵百戏、嫔妃邀宠等方面的描写，展现了京都的繁荣富贵、穷奢极侈景象。在凭虚公子看来，统治者的享乐奢华是应该的，是繁荣富足的表现。《东京赋》中的安处先生则否定和批判了凭虚公子的观点，警告他“水所以载舟，亦所以覆舟”，安处先生对东都城市构筑、宫殿建设的描绘，对朝会、郊祀、大射、田猎等盛典礼会的陈述，言语中都能使人感受到东京虽兴盛而不流于奢侈的礼治成就。

《二京赋》是继班固《两都赋》后又一篇以京都为题材的力作，在体制结构、谋篇布局、艺术手法上，都是模拟班固的《两都赋》，然而张衡“精思傅会，十年乃成”，其精心琢磨的程度还是超过了《两都赋》，在内容和艺术方面都有超越之处。

《二京赋》是汉赋长篇的极致，突出体现了驰骋想象、体物抒情、铺张扬厉、极尽夸张之能事的特点，较《两都赋》篇幅更长，辞藻更华美，内容也更丰富。如《东京赋》中描写洛阳极尽奢华的富丽景象，真是城市繁荣，商业发达，物产丰饶，宫阙巍峨，服饰奢丽，奇树异果，一派巧夺天工的图景。写景状物，聚散有致，层次鲜明，语言清新，言简意赅，栩栩如生，表现了很高的艺术技巧。从这些描写中，我们既可以看出汉代都城和宫廷建筑艺术所达到的水平，也能感受到汉帝国国力的强盛。

在描写内容上，《二京赋》也比《两都赋》有所扩大，除京都及帝王贵族生活，还加入了市井风情的描写。如《西京赋》就写到商贾、游侠、辩士的活动及杂技表演等。其中关于角抵百戏的描写，写天子至平乐馆观看演出的情景，生动地显示了汉代杂技艺术发展的水平。

◎ 东汉陶楼
（1954年河南淮阳出土）

除在艺术上铺排夸饰外，《二京赋》增加了说理议论的因素和抒情的色彩，有些景物描写还体现了清丽自然的特点，笔法类似于抒情，尤其是讽谏成分和讽谏之意，比班固《两都赋》更多、更深刻。如《东京赋》中说：“且天子有道，守在海外。守位以仁，不恃隘害。苟民志之不谅，何云岩险与襟带？秦负阻于二关，卒开项而受沛。”又说：“今公子苟好剿民以媮乐，忘民怨之为仇也，好殚物以穷宠，忽下叛而生忧也。夫水所以载舟，亦所以覆舟。坚冰作于履霜，寻木起于蘖栽。”如此明显的批判和警告，在过去同类大赋中是很难见到的。

在汉赋中，《二京赋》规模最为宏大，细腻的描写、铺排的议论，使其成为京都大赋“长篇之极轨”，很好地体现了司

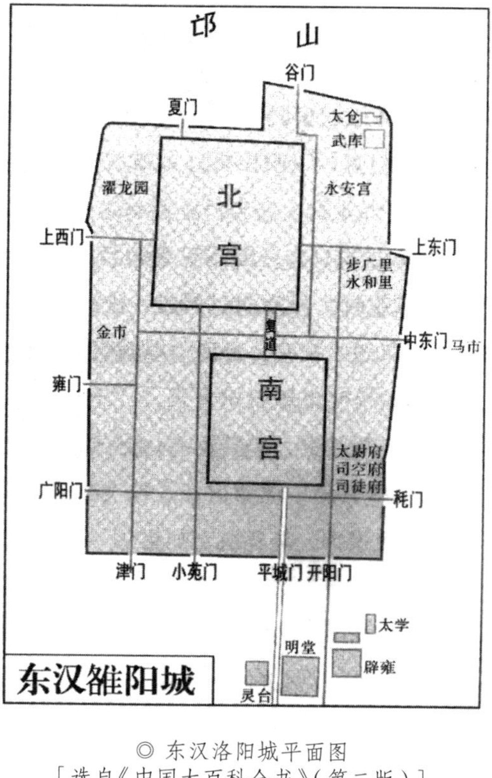

◎ 东汉洛阳城平面图
[选自《中国大百科全书》(第二版)]

马相如所说的“赋家之心，苞括宇宙，总览万物”。除了宏大的规模、典雅的文字、丰富的内容外，《二京赋》在赋的发展史上更为重要的一点是，它改变了辞赋专一阿谀颂德的惯例，讽谏的目的更明确，言辞更切直，开启了新风，也预示着汉赋由体物向抒情的转化。

3. 抒情小赋的先河——《归田赋》

田园，大概是最能让士人放松身心的地方了。中国古代的文人，每当宦海浮尘、壮志难酬之时，总会产生归田隐居的念头。东晋陶渊明“不为五斗米折腰”“种豆南山下，戴月荷锄归”，赢得田园诗人的美名。在他几百年前，张衡已动过这种念头，并写成了广为传诵的《归田赋》。

东汉末年，外戚、宦官当权，朝政黑暗。有一段时间，张衡被汉顺帝提升为侍中，这是一个比较接近皇帝的位置，阉竖们害怕张衡揭露他们，不断进谗言，永和初，张衡被罢黜，出为河间相。永和三年（138），61岁的张衡上书，乞求免官归家，《归田赋》大概就作于此时，也就是他去世的前一年。

《归田赋》主要有两层意思，一是写见朝政日衰，生弃官归隐之思：“游都邑以永久，无明略以佐时；徒临川以羡鱼，俟河清乎未期。感蔡子之慷慨，从唐生以决疑。谅天道之微昧，追渔父以同嬉。超埃尘以遐逝，与世事乎长辞。”二是从不同的角度设想归田之乐：“于是仲春令月，时和气清。原隰郁茂，百草滋荣。王雎鼓翼，鸧鹒哀鸣；交颈颉颃，关关嘤嘤。于焉逍遥，聊以娱情。尔乃龙吟方泽，虎啸山丘。仰飞纤缴，俯钓长流。触矢而毙，贪饵吞钩。落云间之逸禽，悬渊沈之魦鰡。”一幅极其美妙的田园美景，跃然纸上，令人心旷神怡，不禁顿生归隐之心！最后一段，也是想象之辞，进一步设想游览田野、吟啸戈钓的归隐生活：“于时曜灵俄景，系以望舒。极般游之至乐，虽日夕而忘劬。感老氏之遗诫，将回驾乎蓬庐。弹五弦之妙指，咏周孔之图书。挥翰墨以奋藻，陈三皇之轨模。苟纵心于物外，安知荣辱之所如？”

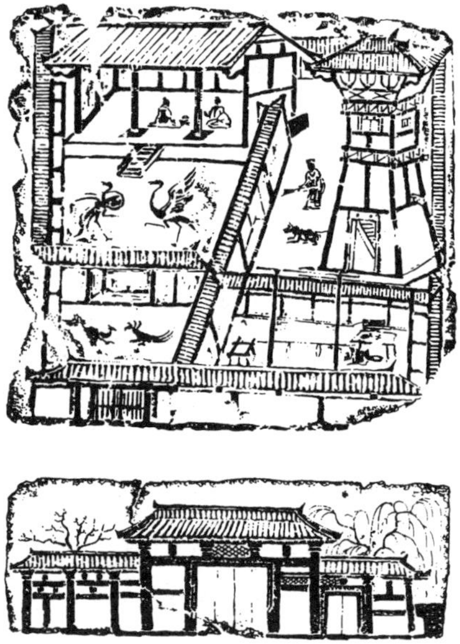

◎ 汉代庭院
（四川成都市郊出土画像砖）

《归田赋》是辞赋史上第一篇以描写田园生活乐趣为题材的抒情小赋，艺术特色很突出。它篇制短小明畅，一洗汉大赋铺采摛文、堆积辞藻、刻意雕琢的旧习，变而为自然、恬淡、活泼、流畅的新文风。通篇全用四、六句式，且多用排偶，形式整齐，尤其是通篇用韵，并随内容和抒情的不同，四次换韵，更使全文音韵铿锵、流丽，几近四六句的骈文，开骈赋的先河。另外，作者将自己的心境、情绪融合到环境、景物的描写之中，捕捉自然界中具有典型意义的优美景象，以景寄情，情景交融，形成了诗意化的和谐优美的意境。

总之，《归田赋》已不再是专门供帝王贵族阅读欣赏的体物大赋，而转变为抒发个人意志的小赋，风格也由雕琢堆砌趋于平易流畅，标志着辞赋由事类大赋向抒情小赋的根本性转变，在中国文学史上占有重要的地位，是千百年来为人们所传诵的优秀篇章。

（三）文同三闾，孝齐参骞——蔡邕及其赋作

1. 满村听说蔡中郎

在中国的民间，蔡邕、蔡中郎应该是享有较高知名度的名字，虽然好多人也未必知道蔡中郎就是蔡邕，也不愿管他是做什么的，因为，多数人知道他的事迹，不过是在演义过的文学作品中。

早在宋代，蔡邕就成为南戏《赵贞女》中的主角，是说他考中状元后，抛弃了结发妻子赵五娘，另娶太师之女为妻，赵五娘不顾路途艰辛，进京寻夫，蔡邕不但不认，还用马踏赵五娘，结果天公震怒，用暴雷将他劈死。宋代，随着城市经济的

发展，曲艺盛行起来，鼓书艺人走村串巷，为缺乏娱乐的村民和市民表演，大受欢迎，所以传播极广。蔡邕在另外一部文学作品中出场，是在家喻户晓的《三国演义》中，第九回写道，董卓被杀后，暴尸于市，蔡邕竟然敢于伏尸大哭，最终被王允杀害。

戏曲、小说中的蔡中郎，与真实的蔡邕相去甚远，面目全非。历史上的蔡邕是有名的大孝子，是著名的书法家、音乐家、文学家，享有盛誉。所以，南宋大诗人陆游就不由地感慨："斜阳古柳赵家庄，负鼓盲翁正作场。死后是非谁管得，满村听说蔡中郎。"蔡邕生前身后评价的巨大差异是如何造成的，不是我们讨论的话题，我们只来看看这位才华横溢的学者对汉赋做了哪些贡献。

◎ 蔡邕
（选自明王圻、王思义撰辑《三才图会》）

蔡邕（132—192），字伯喈，陈留圉（今河南杞县西南）人。汉灵帝时召拜郎中，校书于东观，迁议郎。后因弹劾宦官，几至被杀，流放朔方，第二年遇赦后，又因触怒权贵而遭诬陷，不敢回乡，亡命于江南一带，长达12年之久。汉献帝时，董卓专权，强迫他出任侍御史，官左中郎将，封高阳乡侯。董卓被诛，他闻讯叹息，因而被捕入狱，死于狱中，时年61岁。

蔡邕知识渊博，才华横溢，通经史，工书法，善音乐，好辞章，还精通天文数术，是东汉末年文坛巨子，留下许多逸闻趣事。

在音乐上，蔡邕精通音律，著有琴学名著《琴赋》《琴操》，传说能听琴辩杀机，所做“焦尾琴”也成为稀世珍品。据说，蔡邕居住江南时，有一天他正在房里抚琴长叹，女房东在隔壁灶间做饭，他听到一块桐木燃烧时发出的声音清脆无比，便赶忙跑去，从火中抢出这段木料，精雕细刻，终将这块桐木做成了一张琴。因为琴尾被烧焦了，人们叫它“焦尾琴”。这把琴流传下来，成了世间罕见的珍宝。还有一个故事，说有一次，一个朋友请蔡邕吃饭，他刚到朋友家门口，就听到他家中的琴声中含有杀机，蔡邕十分警觉，便转身回家。朋友很纳闷，又上门来请并询问

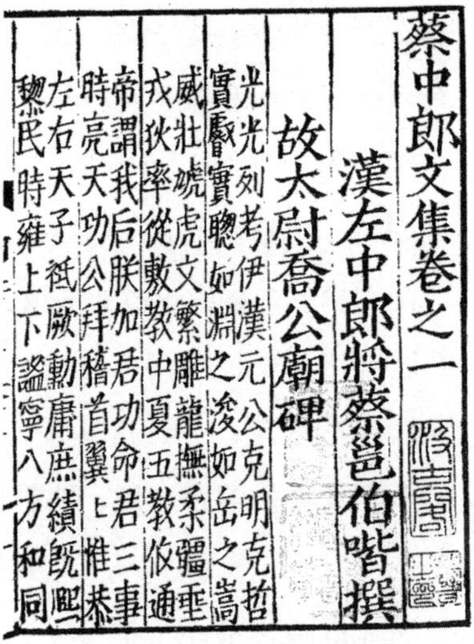
蔡中郎文集卷之一
漢左中郎將蔡邕伯喈撰
故太尉喬公廟碑
光光烈考伊漢元公克明克哲
實叡實聰如淵之浚如岳之嵩
威壯虓虎文繁雕龍撫柔疆埀
戎狄率從敷教中夏五教攸通
帝謂我后朕加君功命君三事
時亮天功公拜稽首翼翼惟恭
左右天子祗厥勳庸庶績既熙
黎民時雍上下謐寧八方和同

◎《蔡中郎集》书影
（《四部丛刊》影印明兰雪堂活字本）

个中原因，蔡邕如实相告。待他们一起返回，问弹琴之人，方知刚才弹手在弹琴时恰好看见一只螳螂正紧盯着一只蝉，心有所动，琴声也不觉中就有了一丝杀气，恰好被蔡邕听到，闻听此事，满座之人无不叹服。

◎ 汉熹平石经残碑

蔡邕还是书法大家，精于篆、隶两体，发明了“飞白书”，对后世产生较大影响。汉灵帝熹平四年（175），蔡邕等奉命正定《六经》，亲自书写于石碑，命工镌刻46块，立于太学门外，这些碑刻称为“鸿都石经”，也称“熹平石经”。石经立好以后，天下轰动，每天前往观看和临摹的人，不绝于途，车马塞道。当代史学家范文澜认为：“两汉写字艺术，到蔡邕写石经，达到了最高境界。”可惜，“熹平石经”大部分毁于战火，今仅存一些残石。

在文学上，蔡邕也颇有成就，其文章在生前就享有重名，尤其以碑铭为长，今存诗、赋、碑、诔、铭等共104篇。蔡邕的赋，包括残篇，今存近20篇，题材大致可分为述志纪行、爱情婚姻及咏物写景三类，成就以前两类为高，《述行赋》最知名。

说到蔡邕，不能不提一下名气并不比他逊色的女儿——蔡琰（蔡文姬）。蔡文姬自幼受其父影响，既博学能文，又善诗赋，兼长辩才与音律。东汉末年，被掳到南匈奴，嫁给匈奴左贤王，饱尝了异族异乡异俗生活的痛苦，后生儿育女。12年后，曹操统一北方，用重金赎回了蔡文姬，“文姬归汉”已是历史上的美谈，家喻户晓。文姬归汉后，嫁给了董祀。她以自己亲身经历，写下动人心魄的《胡笳十八拍》和《悲愤诗》两首诗，成为中国诗歌史上的珍品。

◎ 蔡文姬

（选自刘精民收藏《百美新咏图传——历朝名女诗文图记》）

2. 老学究也是血性人——《述行赋》

《述行赋》作于桓帝延熹二年（159）秋天。这年，外戚与宦官之间发生了一场血腥争斗，政局混乱。梁冀是汉顺帝梁皇后之兄，继其父为大将军，奢侈暴虐，因汉质帝视其为跋扈将军，他便将质帝毒杀，另立桓帝，自己把持朝政近20年。汉桓帝继位时年龄小，受尽梁翼欺压。梁皇后死，汉桓帝与宦官歃血结盟，合谋诛灭了梁冀。起主要作用的宦官单超、具瑗、唐衡、徐璜、左悺五人，同日封侯，世人称之为“五侯”。唐代诗人韩翃《寒食》一诗咏道：“春城无处不飞花，寒食东风御柳斜。日暮汉宫传蜡烛，轻烟散入五侯家。”诗中的“五侯”即指这五人。“五侯”擅权，横行朝野，大兴土木，陷害正直之人，臭名昭著，士人唯恐避之不及。桓帝从宦官徐璜那里得知蔡邕善弹琴，便令陈留太守遣其赴京。蔡邕不得已只好应命，但他实在不愿与宦官为伍，行至偃师（今属河南），假装生病，返回家中。蔡邕“心愤此事，遂托所过，述而成赋”，借途中所见，生发联想，托古讽今，抒发自己满腔郁愤，写就这篇名传千古的宏文。

从体制来说，《述行赋》模仿刘歆《遂初赋》、班彪《北征赋》等纪行赋，写法上并无特异之处。而且，纪行赋在传统上具有抒情性。但此赋篇幅相对短小，其激烈的感情和尖锐、正面的批判，却是其他赋中不曾见过的。篇首小序中直言不讳地点出作赋的动机，就是愤于宦官弄权致使民不聊生的现实。赋中作者揭露和批判了当时宦官专权、政治黑暗、贵族们荒淫无耻的现实，同时，也满怀同情地写出了民间的疾苦。

命仆夫其就驾兮，吾将往乎京邑。皇家赫而天居兮，万方徂而并集。贵宠扇以弥炽兮，佥守利而不戢。前车覆而未远兮，后乘驱而竞入。穷变巧于台榭兮，民露处而寝湿。清嘉谷于禽兽兮，下糠粃而无粒。弘宽裕于便辟兮，纠忠谏其侵急。怀伊吕而黜逐兮，道无因而获入。唐虞渺其既远兮，常俗生于积习。周道鞠为茂草兮，哀正路之日涩。

这段文字采用对比手法，写出了贫富不同的两极生活，从居住到饮食，深刻地揭示了豪门的奢华和民间的疾苦，使此赋远远超出了述行的范围，表现了作者的爱憎感情，具有深刻的现实性和感染力，在历来用以歌功颂德的汉赋中，显得十分可贵。

鲁迅在一篇《题未定草》的文章中说，必须看了《述行赋》，才能明白蔡邕“并非单单的老学究，也是一个有血性的人，明白那时的情形，明白他确有取死之道”。他这种直面现实的态度，对稍后的建安文学产生了深刻影响。建安时期，其弟子王粲、阮瑀，女儿蔡琰，均是名擅一时的代表性作家，他们都有反映残酷社会现实的作品，这与蔡邕的影响不无关系。

3. 《关雎》之洁，不蹈邪非——《青衣赋》及其他

爱情婚姻是人类生活最为重要的方面之一，是人伦之始，礼之根本。《周易 · 序卦》就说：“有天地然后有万物，有万物然后有男女，有男女然后有夫妇，有夫妇然后有父子，有父子然后有君臣，有君臣然后有上下，有上下然后礼义有所错。”爱情、婚姻很自然地成为诗歌重要的主题。我国最早的诗歌总集《诗经》中，婚恋诗就有约70首，内容丰富多彩，成为《诗

经》重要的特色之一。此后的文人作品，如屈原根据楚地民歌整理加工的《楚辞·九歌》中，有一部分篇章表现的是人神之恋或神神之恋，宋玉《神女赋》也是如此，但这些毕竟是虚无缥缈的、超现实的。

汉赋中，司马相如的《美人赋》较早涉及男女情爱，作者充当的却是遵循礼教而“不好色”的角色。在写法上，《美人赋》借鉴了宋玉《登徒子好色赋》并有所发展，着眼点是通过对女子之美及其对男女情爱的主动热烈追求来反衬自己的“不好色”，没有一句是对女性美表达爱慕的话，所以谈不上是爱情之作。到蔡邕，这种情况才终有大的转变，其《青衣赋》及仅存残文的《协初赋》《检逸赋》等，都是写男女之情的，率真大胆，是汉赋中真正的抒写爱情之作。

《青衣赋》全用四言诗句写成，描写的是作者与婢女的恋情，毫不掩饰地表达对美好女子的昼思夜想。我们无从猜测这是作者的游戏文字，还是一个真实的情感生活，但此赋写奴婢的美貌以及对她的思慕，是先前不曾见过的题材。这种题材的出现，在一定程度上是东汉末年道德约束松弛和艺术表现的自由化的反映。

在汉代，童仆、侍女的地位卑下，他们多穿青、绿色衣服，青衣就成为婢女的代名词。在等级森严的封建礼教盛行的时代，像蔡邕这样的士大夫能对一个婢女表示赞美和爱慕，本身就有点惊世骇俗。文章一落笔，就对美丽的青衣出身卑微、做人婢女的命运发出了感慨：“金生砂砾，珠出蚌泥。叹兹窈窕，产于卑微。”接着又从各个角度，描写了青衣的完美可爱：

> 盼倩淑丽，皓齿蛾眉。玄发光润，领如蝤蛴。纵横接发，叶如低葵。修长冉冉，硕人其颀。绮袖丹裳，蹑蹈丝扉。盘跚蹴蹀，坐起低昂。和畅善笑，动扬朱唇。都冶妩媚，卓跞多姿。精慧小心，趋事如飞。中馈裁割，莫能双追。《关雎》之洁，不蹈邪非。察其所履，世之鲜希。宜作夫人，为众女师。伊何尔命，在此贱微！

这样一位貌美心慧的人，具有“夫人”的一切美德，只是命运不济，投胎于“贱微”人家。作者写青衣形象，始终将其作为后妃来刻画。赋中关于青衣容貌、身材的描写，不少词语，甚至句子，都来自《诗经·卫风·硕人》这首颂扬卫庄公夫人庄姜的诗。赋中“《关雎》之洁，不蹈邪非”两句，是说青衣具有《关雎》所颂扬的后妃的高尚美德，不会做那些不好的事，“不蹈”就是不涉、不做，“邪非”指不正当的事。按汉代人的解释，《关雎》是歌颂后妃之德的，从《青衣赋》全文看，在作者心中，这位青衣俨然就是一位后妃，值得去追求。

《青衣赋》最后一节，描写了相恋之人在月光皎洁的晚上因思念对方而无眠，徘徊庭中，塑造了一种很美的意境，尤为出色。“明月昭昭，当我户扉。条风狎躐，吹予床帷。《河上》逍摇，徙倚庭阶。南瞻井柳，仰察斗机。非彼牛女，隔于河维。思尔念尔，惄焉且饥。”这种描写，在《古诗十九首》中的《明月何皎皎》和乐府古辞中的《伤歌行》中，都能见到，从中我们也可以看出东汉后期辞赋与诗歌之间的相互影响。

有趣的是，蔡邕在《青衣赋》中反映出的与礼教不合的这种直率和突破，确实引起同时代人的不满。与他同时的张超的《诮青衣赋》认为，婢女就是婢女，士族向婢女求爱，有失体统，扰乱纲常，并力劝蔡邕“宜如防水，守之以一”。

涉及男女之情的赋，蔡邕还有《协初赋》和《检逸赋》两篇，今仅存片段，但从残存内容看，赋中描写了大胆而率真的男女思慕之情。《检逸赋》写道：“夫何姝妖之媛女，颜炜烨而含荣。普天壤其无俪，旷千载而特生。余心悦于淑丽，爱独结而未并。情罔写而无主，意徙倚而左倾。书骋情以舒爱，夜托梦以交灵。”“思在口而为簧鸣，哀声独而不敢聆。”这种对女子的不加掩饰的思慕，如狂如痴，在以往文人作品中是罕见的。《协初赋》描述男女婚姻，涉及迎亲至婚夜的全过程，从仅存的数句中，我们就可以感受到其中的大胆直白。“长枕横施，大被竟床。莞蒻和软，茵褥调良。”“粉黛施落，发乱钗脱。”这几句话，无所顾忌地描写男女情事，是以前的辞赋中未有的，钱锺书评价说：“前此篇什见存者，刻画男女，所未涉笔也。”并进而认为，蔡邕实为中国“淫亵文字始作俑者”，“‘钗脱’景象，尤成后世绮艳诗词常套，盖以形容睡美人”。

蔡邕的这几篇赋，反映了东汉末年文人的思想特点，他们敢爱，敢写爱，在某种程度上冲破了政教的罗网，与汉大赋的歌功颂德迥异其趣。后来六朝宫体文学兴盛，与之也不无前后相承的关系。

（四）散愤兰蕙，指斥囊钱——赵壹《刺世疾邪赋》

大西北地区，地处偏远，文化相对落后，汉代就没出几个文学家。偏偏有这么一位，凭着一篇愤世嫉俗的小赋，声震天下，青史留名，他就是赵壹。

赵壹，字元叔，汉阳西县（今甘肃省天水市西南）人，生卒年不详，大约生于汉顺帝永建年间，卒于汉灵帝中平年间。据《后汉书·文苑传》记载，赵壹“体貌魁梧，身长九尺，美须豪眉，望之甚伟”，称得上是位美男子。他生性耿直狂傲，极有个性，不肯结交权势，也不喜欢那些趋炎附势的小人和庸俗之辈，因而受到地方豪绅的打击与排挤。但赵壹并不屈服，写了一篇《解摈》，表明自己不愿同流合污的心志。

后来，赵壹又受到豪强势力的迫害，几次抵罪，几乎至于死地。尤其是延熹九年（166），党锢之狱大兴，那些素与赵壹有隙的奸邪小人乘机欲将其置于死地，幸亏友人相救，才得以解脱。事后，赵壹写了一篇《穷鸟赋》，寄给友人表示谢意。《穷鸟赋》将自己比喻成一只被困的鸟，“毕网加上，机穽在下。前见苍隼，后见驱者。缴弹张右，羿子彀左，飞丸激矢，交集于我”，此鸟真是进入了天罗地网之中，四面受敌，因而，“思飞不得，欲鸣不可”，走投无路。《穷鸟赋》所写的这只鸟，虽是作者自况，却折射出了东汉后期文人动辄得咎罹祸的处境。

灵帝光和元年（178），赵壹任本郡上计吏，奉命赴京报送计簿，就是报告郡内全年的人口、钱、粮、贼盗、狱治等情况。当时司徒袁逢主管此事，他坐于堂上，数百计吏拜伏在院中，无人敢抬头来看，而赵壹只是作了一个揖，便站在旁边。袁氏见状很惊异，让人去责问，一个下郡的计吏对三公为什么只行作揖礼，赵壹回答说：“当年郦食其见到汉王刘邦，也只是作了一个长揖。我对三公行作揖礼，有什么可奇怪的？”袁逢听后，整衣下堂，拉着他的手，引入上座，询问西部政事，十分高兴，还对在座的人介绍说：“这位就是汉阳的赵元叔，朝臣中没有人能超过他。”其他计吏都以惊异的眼光注视着他。后来，赵壹又去拜访河南尹羊陟，也以自己特立独行的方式赢得其激赏。不久，羊陟与袁逢一起举荐赵壹，一时名动京师，州郡都争相聘请赵壹，奈何他志趣并不在此，后西归故里，公府十次征召，皆不就，最后终老家中。

赵壹确是一位个性耿介、不同流俗之辈，因而，面对东汉末年是非颠倒、邪佞当道的黑暗现实，他慷慨激书，写成千古名篇《刺世疾邪赋》，揭露和抨击时政，直率猛烈，痛快淋漓，深度与力度都前无古人，表现了疾恶如仇的反抗精神。

赋以“刺世疾邪”为题，一望而知其义，就是要指斥现实、憎恨邪恶。这是一篇充满愤激感情和批判精神的作品，其价值首先就体现在这种强烈的批判精神上。赋中，作者不仅视春秋战国和秦代为乱世，而且将备受文人歌颂的大汉看作“更加其怨酷”的时代，说“春秋时祸败之始，战国愈复增其荼毒。秦汉无以相逾越，乃更加其怨酷”。他指斥当时的社会，“于兹迄今，情伪万方。佞谄日炽，刚克消亡。舐痔结驷，正色徒行。妪媀名埶，抚拍豪强。偃蹇反俗，立致咎殃。捷慑逐物，日富月昌。浑然同惑，孰温孰凉。邪夫显进，直士幽藏”。这是一个贤愚不分、黑白颠倒的世界，文章还进而分析了造成这种状况的原因，认为是“实执政之匪贤”，具体表现为“女谒掩其视听兮，近习秉其威权。所好则钻皮出其毛羽，所恶则洗垢求其瘢痕”。东汉末年桓、灵之时，外戚、宦官把持朝政，卖官鬻爵，贿赂公行，就连皇太后也教唆汉灵帝去卖官聚敛，因此贤愚错位，当时有民谣说“举秀才，不知书；举孝廉，父别居”，讽刺的正是用人之滥。在赋的最后，作者愤怒地宣称：“宁饥寒于尧舜之荒岁兮，不饱暖于当今之丰年！”《刺世疾邪赋》不是在评判历史，而是批判现实，所言可谓尖锐、深刻，也的确击中了东汉末期政治的要害，其胆识在同时代的文人中罕有其匹。

赵壹的这种强烈的批判精神，在此前的汉代辞赋中是未曾有过的，引起了一些学者的评论，也让当权者忌恨。清代学者刘熙载在《艺概》一书中说："后汉赵元叔《穷鸟赋》及《刺世疾邪赋》，读之知为抗脏之士，惟径直露骨，未能如屈、贾之味馀文外耳。"刘熙载批评赵壹"径直露骨"，在我们今天看来，这正是对汉代"哀而不伤""怨而不怒"诗教的一个冲击，体现了文章的多样性。而下面这则史事，则使我们看到了此文影响之深。据称，清代乾隆年间，湖北有一位私塾先生，被《刺世疾邪赋》打动，阅读时在"宁饥寒于尧舜之荒岁兮，不饱暖于当今之丰年"旁批了"古今同慨"几个字样，后不幸被人告发，结果，他和他的家人都被处以极刑。

从汉赋发展的角度看，《刺世疾邪赋》篇幅短小，语言犀利，情绪悲愤，与歌功颂德、夸美逞能的大赋，已经是完全不同的了。这是汉赋由铺采摛文的大赋，向抒情小赋转变的代表作，自此以后，铺陈叙事的汉大赋，就渐渐为抒情小赋取代了。

另外，在汉代五言诗的作家中，赵壹也是重要的一位。《刺世疾邪赋》后附有两首五言诗，也显得很别致，以对现实的强烈批判而丰富了汉代的诗坛，梁代钟嵘在《诗品》中评价说："元叔散愤兰蕙，指斥囊钱。苦言切句，良亦勤矣。斯人也，而有斯困，悲夫！”

总之，无论从哪一个方面说，《刺世疾邪赋》在东汉文学史上都有不可替代的地位。目前全国高校中文专业通用的中国文学史教材，无一不将其列为重点评析篇目。

（五）汉大赋的殿军——王延寿《鲁灵光殿赋》

王延寿，生卒年不详，字文考，一字子山，南郡宜城（今属湖北）人。他是汉代大学者王逸之子。王逸著有《楚辞章句》，是伟大诗人屈原作品集《楚辞》最早的完整注本，至今仍是研究《楚辞》的重要参考书。在父亲的培养下，王延寿从小就表现出卓越的文学才能，在辞赋史上留下了《鲁灵光殿赋》《梦赋》和《王孙赋》三篇杰作。刘勰在《文心雕龙·诠赋》中将《鲁灵光殿赋》与司马相如《上林赋》、班固《两都赋》、张衡《二京赋》等巨制并称，王延寿也因此赢得了“辞赋之英杰”的殿军地位。而《梦赋》《王孙赋》作为赋史上同一题材的开山之作，也是文质兼胜，才情特出的名篇。可惜，王延寿年仅20多岁就溺死于湘水。

《鲁灵光殿赋》是王延寿随父游历鲁国时所作。灵光殿是汉景帝之子鲁恭王刘馀所建，刘馀喜欢建造宫室，他在孔子旧宅基础上进行扩建，大约于景帝中元元年（前149）前后建成此殿。灵光殿建筑宏伟，内外雕饰精致，中间经过西汉末年的战乱，依然完好无损，巍然高耸，而汉初长安所建未央、建章等宫殿都遭破坏。王延寿游东鲁，见到这座已有300多年历史的建筑，不禁惊异万分，写下这篇大赋。

此赋全篇结构严谨，内容精粹，作者的才华主要体现在对灵光殿建筑美、装饰美井然有序而细致逼真的描写上。正文第一部分，先从殿的外观写起，远望灵光殿，其形状高峻、卓异、丰丽、宽敞，楼阁参差，灿烂辉煌，有天宫之气象。进而写初进前堂所见丹柱雕墙之色彩缤纷。接下来，写堂后房

◎ 汉南越王苑溪流沙洲复原透视图
［选自杨鸿勋著《杨鸿勋建筑考古学论文集》（增订本）］

舍的深邃幽曲，东西两厢，深邃奥秘，让人惊恐，“旋室㛹娟以窈窕，洞房叫窱而幽邃。西厢踟蹰以闲宴，东序重深而奥秘。屹铿瞑以勿罔，屑黡翳以懿濞。魂悚悚其惊斯，心猥猥而发悸”。第二部分描写灵光殿的内部结构，这是灵光殿最有特

◎ 重楼连阁
（山东费县城北乡潘家疃汉墓出土画像石绘）

色的部分，宫殿的结构既宏伟坚固而又玲珑剔透。殿中壁画内容丰富又寓意深刻，各房内壁上绘有上古神话、历史传说中的人物故事，乃至忠臣孝子、烈士贞女。作者不禁感慨：“何宏丽之靡靡，咨用力之妙勤。非夫通神之俊才，谁能剋成乎此勋。”第三部分，写周围的辅助建筑，突出描绘高耸入云的渐台。赋的最后，以“乱曰”总括全文，强调灵光殿的穷奇极妙，进而归结到对大汉王朝的颂赞，“栋宇已来，未之有兮。神之营之，瑞我汉室，永不朽兮”。

《鲁灵光殿赋》是中国辞赋中集中描写壮丽建筑的名篇，描述了汉代的建筑及壁画等，反映了当时社会生活的一个侧面。在当时就为作者赢得了巨大声誉。与他同时的大文豪蔡邕也写了此稿，但见到王延寿的《鲁灵光殿赋》后，大为惊奇，自愧弗如，于是烧掉自己的手稿，改作《梦赋》。

结语：汉赋功罪谁评说

（一）多识博物，有可观采——汉赋的认识价值

体物是汉大赋题材的重要特点，历来论汉赋者无不强调这一点。作为中国古代大规模的描写诗，汉赋笼天地人间万物于笔端，记录下了汉代这个中国上升时期所创造的辉煌业绩，成为汉代社会的一面镜子，比较全面地展示了两汉400年间的风貌。

清代康熙年间，搜罗汇集楚汉以下直至明代的赋而成《历代赋汇》一书，其《总目》分为38类，有天象、岁时、地理、都邑、治道、典礼、祯祥、临幸、搜狩、文学、武功、性道、农桑、宫殿、室宇、器用、舟车、音乐、玉帛、服饰、饮食、书画、巧艺、仙释、览古、寓言、草木、花果、鸟兽、鳞虫、言志、怀思、行旅、旷达、美丽、讽喻、情感、人事。汉赋所及，遍于上述38类，可以说，赋家描写之笔，确是无远弗届，无孔不入，遍及自然与社会的方方面面。

汉代赋家首先对自然景物表现出浓厚的兴趣，不厌其烦地

对自然景物加以表现，创作了大量以“草区禽族”为题材的咏物赋。据记载，此类赋作今存有近70篇，约占现存汉赋总数的三分之一。描写自然景物的汉赋，不仅精细地刻画描写对象的外部特征，而且也描绘对象的内在特点，并融入赋家的生活及对生活的感受，这就使得我们能够以此去了解汉代人对自然的态度和感受。

汉赋不仅以浓厚的兴趣描绘了自然事物，而且以令人惊叹的热情，着力表现了人在社会生活中的情况，对汉代人的生活作了多角度、多层次的反映，传达了汉人对于生活、对于人生的意识和态度。如汉代迷信盛行，求仙之风甚炽，尤以汉武帝最为突出，他求仙的规模比秦始皇更大，方式更多样，这些在《上林赋》《两都赋》《二京赋》中都有明确反映。又如，汉代的娱乐活动极多，被称为百戏的杂技艺术十分发达，演出也盛况空前，这些在汉赋中都留下记载。张衡《西京赋》中有关于杂技表演生动而热烈的场面描写，是汉赋中较早描写百戏演出的，由赋中可见的节目表演，多得令人难以想象。

此外，汉赋中也有不少作品表达的是作者的不平之鸣，以及对现实政治的批判等，从中我们可以看出正直之士在现实生活中所受到的不公正对待，在精神上所受到的摧残。这类作品主要集中在骚体赋和抒情小赋中，如贾谊的《吊屈原赋》、董仲舒的《士不遇赋》、东方朔的《答客难》、赵壹的《刺世疾邪赋》等，都是有代表性的作品，反映现实政治中不太光明的一面。

总之，作为汉代最为重要的文体，汉赋是两汉社会生活的忠实记录，为我们了解这段历史提供了直观的资料，具有巨大的认识价值。正因如此，班固在《汉书》中评论司马相如赋时，虽然批评其赋作“文艳用寡”“寓言淫丽”，但还是充分肯定了它的认识作用，认为可以“多识博物，有可观采”，代表了汉赋的最高成就，反映了一代文学正宗的风貌。

（二）巨丽之美——汉赋的美学风貌

中国古代有以大为美的传统，孟子就说：“充实之谓美，充实而有光辉之谓大，大而化之之谓圣，圣而不可知之之谓神。”（《尽心下》）就是说，充实、光辉、大而化之就是美。汉代，尤其是汉赋所歌颂的西汉中期，是中国历史少有的强盛期，经济繁荣、政治统一、思想开放，人这时已完全融化在外在生活和环境世界中，因此包括汉赋在内的汉代文艺，尽管粗重拙笨，但心胸开阔，气派雄沉，当代著名美学家李泽厚将汉代艺术的基本风貌概括为“气势与古拙”。今天我们能够看到的汉代艺术的遗存，无论是汉画像砖上的图案、汉陵的石刻，还是那乐不可支的说书人、那轻盈的“马踏飞燕”，无不流露出一往无前不可阻挡的气势、运动和力量。汉赋取代楚辞，成为大汉天声，它不仅具有汉代艺术的一般特点，而且因为文字本身可以超越时空的优势，“苞括宇宙，总览人物”，以其描述的领域、范围和对象的广度，呈现出前代文学所未有的广阔丰富的图景和宏伟壮丽的气象，创造出一种巨丽之美。

汉赋所创作的巨美，首先体现在它所铺叙的内容上，是规模之巨。汉大赋最主要的描写对象是山川形胜、校猎、宫殿、都城等，无一不是壮丽之物、铺张之事。以司马相如为例，他的《上林赋》极尽铺陈渲染之能事，以浓墨丽彩描绘了汉朝天子苑囿吞吐日月的广大无边，校猎声势“殷天动地”的壮大雄伟，充分展现并热情歌颂了巨丽之美。这种巨丽显示了封建王朝上升时期意欲囊括宇宙的宏伟抱负和不凡气概。在汉赋作家那里，他们那个时代的一切成就都可以用大来揭示，大在诸多美的因素中占据了核心地位。写王朝是“大汉之德，逢涌原泉”（司马相如《封禅文》），写大人是“世有大人兮，在乎中州。宅弥万里兮，曾不足以少留”（司马相如《大人赋》），叹赏汉水是“大川之浩浩”（蔡邕《汉津赋》）。即使描写精巧细物的咏物赋也不遗余力地颂其大，如刘胜《文木赋》写丽木之高大，称扬它“拂天河而布叶，横日路而擢枝”，马融《长笛赋》写笛声之大，似流水之“汜滥溥漠，浩浩洋洋”。以大为美的观念，是汉代人作为大帝国主人无比骄矜的一种表现，无论是面对自然，还是外来的一切，他们都有无比的自信。正是这种自信和胸怀，使汉赋作家们能笔纳万物，创作出有巨丽之美的汉赋。

与这种大美的艺术境界相表里的，是汉大赋在艺术形式和表现手法上的特点。汉赋采用主客问答的形式，有意识地虚构人名，如司马相如《子虚赋》《上林赋》中的子虚、乌有先生和亡是公，扬雄《长杨赋》中的子墨客卿、翰林主人，班固《两都赋》中的西都宾、东都主人，等等，作者借助这些虚构人物，展开对话，他们各执一词，铺排夸张，一浪高过一浪，形成了波澜壮阔的气势。汉大赋的描写还往往包含着众多的事物，而不仅仅描写一件事，经常是把能想到的都罗列进去，如司马相如《上林赋》就运用这种手法，把上林苑中的物产一股脑地装进作品中去。另外，汉赋还采用修饰性描写、叙述性描写等种种手法，把自然景象及一些盛大活动的场面，准确形象地描述出来，创造出巨丽之美的审美效果。

（三）“雕虫小技”还是“雅颂之亚”——汉赋的评价问题

汉赋，尤其是汉大赋的评价也是一个很有趣的问题。一种文学体裁在其全盛时期就引起激烈的争议，评价悬殊如天地，也仅有汉大赋一例。贬之者斥汉赋是“淫词滥说”“雕虫小技”；褒之者则认为它尽现“汉家炽盛之瑞”“誉得其实”。在汉代，对汉赋持贬低态度的，多是一些儒生，以及受儒家功利主义文学观影响的辞赋家；褒扬汉赋者，则多为辞赋作家。同时，汉代的理论家由于与辞赋创作有一定的距离，所以往往能对汉赋创作的得失给以较为客观的论说，两汉的帝王如汉宣帝等，对汉赋也有些通达而高明的论述。

西汉论赋始于司马迁，他在《史记·司马相如列传》中认为，司马相如虽然多有虚假言辞和夸张说法，可是他的主旨终归引向节俭，这与《诗经》的讽谏没有什么不同。司马相如论赋，从赋的艺术表现手法方面，表达了自己创作的甘苦，他的话见于《西京杂记》中。他说："合綦组以成文，列锦绣而为质，一经一纬，一宫一商，此赋之迹也。赋家之心，苞括宇宙，总览人物，斯乃得之于内，不可得而传。"其中，"合綦组以成文，列锦绣而为质"精练、准确地概括了辞赋的艺术特点。

汉宣帝是汉武帝之后又一个较有作为的帝王，他采用物质刺激的措施，鼓励作家从事辞赋创作，认为赋这种艺术形式适宜于润色鸿业，并力排众议，认为"辞赋大者与古诗同义，小者辩丽可喜"，就是说，辞赋不仅具有政治教化的力量，而且与郑、卫之音等流行音乐一样，具有寓教于乐、动人心弦的感染力量。西汉晚期的扬雄，既是儒者，又是赋家，他对赋的态度的变化，折射了汉代人对赋的矛盾看法。扬雄早年以司马相如为模拟对象，创作了著名的四篇大赋，而后期却放弃赋的创作，并对赋进行猛烈的批判，认为赋是"童子雕虫篆刻""壮夫不为"。扬雄对赋的态度，主要是由于其从儒家经世致用的立场出发，以讽谏作为评价的唯一标准。由于汉大赋铺张扬厉，极尽夸张之能事，其描写的校猎、祭祀等场面，往往激起帝王更大的欲望，与劝谏的初衷相去甚远，难以达到讽谏的目的。这种观点仅从教化作用评价汉赋，难免有失偏颇，毕竟汉赋的价值不仅仅在于其实用功能，它还有审美作用、娱乐作用等，而这也正是汉赋受到广泛喜爱的原因。

扬雄对汉赋“劝百讽一”的评价，影响深远。终汉之世，全面否定汉赋的趋势并未衰歇，但时代在发展，文学观念也在发生变化，一批学者如桓谭、王充、班固等，在深入研究汉赋的基础上，对汉赋作了较为全面而客观的评价。

桓谭是西汉末年著名学者，曾与扬雄同朝为官，他敬佩扬雄的“丽文”，不赞成他所谓赋是“童子雕虫篆刻”“壮夫不为”的极端片面的观点，肯定雕饰对于包括赋在内的文学艺术作品的重要性。王充，是东汉初期的大思想家，他很重视当代的文学，对司马相如、扬雄、班固等人的辞赋创作，给予很高的评价，认为汉赋的价值在于“滋茂汉朝者，乃夫汉家炽盛之瑞也”，他看到汉赋是汉朝盛世的产物，展现的是大汉的声威。王充用这种观点来评价西汉中期的大赋，符合历史的实际。但是，王充在肯定汉赋题材内容的同时，对大赋的表现形式和语言风格表示不满，认为大赋尽管在艺术形式上花了很大工夫，但华而不实，无益于社会教化。

班固，是汉赋大家，也是著名的史学家，著有《汉书》，他从正面对汉赋这种兴起文体进行了研究和评论，其《两都赋序》是汉代第一篇辞赋专论，论述了汉赋的源流演变，对汉赋进行了理论评价，表现出深邃的历史眼光，具有一定的理论价值。班固认为，汉大赋有的“宣上德而尽忠孝”（即颂美），有的“抒下情而通讽喻”（即刺过），在艺术上，赋“雍容揄扬”，可以说是“雅颂之亚”。所谓“雅”“颂”是指《诗经》中的雅诗和颂诗，是汉代人心目中的经典，班固认为汉赋仅仅次于雅、颂，评价不可谓不高。

自汉代以下，历代对汉赋的评价也颇不一致。魏晋南北朝时期，朝代更替频繁，社会动荡，儒家独尊的地位不再，思想比两汉要开放得多，正统文学也形成了诗、文、赋的鼎足而三的局面，对赋的评价也在一定程度上摆脱了汉人文学观念的影响，少了一些传统的偏见，多了一些客观的研究和评价。陆机有专门论述文学创作的《文赋》，其中诗、赋并举；萧统编《文选》，侧重辑录汉以来的文学作品，把赋列在卷首；刘勰在《文心雕龙》中有《诠赋》一篇，紧列在《明诗》《辩骚》《乐府》之后，说明了对包括赋在内的各种文体的一视同仁。但自唐宋始，就很少再有人将赋作为专门的研究对象，只是南宋以后，一些学者在对中国文学体裁的变迁作学术性总结时，赋体源流才得到较为粗略的论述。这一时期，评价汉赋的文字不仅少，而且态度也极严厉。唐代史学家刘知几说汉赋“无裨劝奖，有长奸诈”（《史通·说文》），柳冕说汉赋“文多用寡”“君子不为”（《唐文粹》卷八十四）。到了清代，有几部关于赋学的专论或专著问世，但与诗词学、文章学相比，辞赋学的地位还是很尴尬，评价依然不高。

对赋的这种偏见，一直影响到现当代，中华人民共和国成立后的一段时间内，汉赋更是被看作封建帝王歌功颂德的宫廷文学，甚至被认为是我国文学发展长河中一段不光彩的历史，各种文学史著作涉及汉赋时，也往往泥于旧说，持批判的态度。20世纪80年代以后，这种情况开始有所改变，学者们摆脱对汉赋的传统偏见，在深入研究的基础上，认为汉赋是一种富有创造性的文学，反映了大汉帝国的声威和气象，是时代精神的象征。它努力摆脱经学的束缚，显示出文学艺术的特征，是文学自觉的起点。现在，学术界对汉赋的认识渐趋一致，已从简单的否定转向公正、客观的研究。

（四）汉赋在文学史上的地位和影响

作为两汉400年间文人创作的主要文学样式，汉赋是汉代文学当之无愧的代表，以司马相如、扬雄、班固及张衡等为代表的汉赋作家，其作品在思想和艺术形式上不免有各种各样的局限，但它们在文学史上都占有重要的地位，对后世文学都产生了深远的影响。

首先，汉赋是一代文学的正宗，是中华全民族统一文学形成的标志。先秦时期的文学作品流传至今的主要是国风和楚辞，十五国风基本上是中原文化的产物，而楚辞则出于南国。赋在战国也有南北两种地域色彩，一是屈原赋，一是荀卿赋。汉代统一中国以后，南北文化有了统一的基础，到武帝时期，随着政治上的彻底的大一统，南北文学相互影响、调和，司马相如将散文、韵文、南赋、北赋熔于一炉，最终将汉大赋推向成熟的境地，汉帝国统一的文学得以成立。

汉赋作为汉王朝统一的文学，主要体现在几个方面：一是汉赋的国家观念，是指中央朝廷统属下统一广大的中国，司马相如在《上林赋》中以天子的上林苑比倒齐楚的孟诸、云梦，以天子的绝对权威斥责诸侯的非礼之举，就是这种思想的集中体现。二是汉赋描写的地域十分辽阔，遍及版图中的大部分地区，而不同于楚辞的“纪楚地、名楚物”。三是汉赋所表现的思想，与新的条件下形成的新儒学思想完全一致。四是汉赋使用的语言也是融合南北。

此外，汉大赋对汉帝国的颂扬，也能在一定程度上激发人们的自豪感，对巩固大一统国家不无意义。汉赋中那些描写宫苑、田猎、都邑的大赋，描写和颂扬的大都是国土的广阔、水陆物产的丰盛、宫苑建筑的华美、都市的繁荣，以及汉帝国的文治武功，等等，这在当时并不是毫无意义的。

其次，汉赋创造了一种2000多年相沿不绝的重要文体。中国古代的文体中，生命力最强的莫过于诗与文，而其次就是赋。汉代以后，与诗文一样，赋的创作也代有成绩，相沿不绝，成为汉以后2000年间一种重要的文学形式。汉代散体大赋以后出现的抒情小赋、骈赋、律赋、文赋等，都给赋体注入了新的活力，使之历久不衰。“登高能赋可以为大夫”，赋集诗骚之大成，虽有程式，却也不拘一格，以描摹铺叙见长，可议论抒情，咏物言志，设问辩难，能够展示才学，因而受到历代文人的喜爱。直至今日，这一创作形式仍受到不少人的追捧。

再次，汉赋在开拓文学题材、提高文学艺术水平、丰富文学语言等方面，都做出了重要的贡献。汉赋作家能够从现实生活出发，不断地发现和创造，把前人尚未充分注意到的社会生活的各个方面写入赋中，不仅写到了宫殿楼阁、歌舞百戏、田猎壮观等帝王生活场景，而且下及奴婢的生活，旁及山水自然和笙、箫、琴、瑟等各种器物，大大拓宽了文学表现的领域。汉赋对许多题材的表现，在中国文学史上都具有开创意义。为了把赋写得有文采，汉赋作家往往要调动夸张、比拟等多种手段，从各个不同的角度，去摹写所要描写的对象，从而造成了一种繁缛之美。尽管这为汉赋留下了“虚辞滥说”的把柄，成为后人批评它的重要原因之一，但从文学角度看，这却正是汉赋文学性的重要体现。在语言上，汉大赋炫博耀奇、堆垛辞藻，以至好用生词僻字，但在丰富文学作品的词汇、锻炼语言词句等方面，都取得了一定的成就。建安以后的很多诗文，在语言、辞藻和叙事状物的手法方面，都从汉赋那里得到了不少启发。

最后，两汉辞赋的繁兴，对中国文学观念的形成，起到一定的促进作用。“文学”的概念，是随文学的发展而逐渐明确起来的。“文学”一词，先秦就出现了，但主要指古代文献。《论语·先进》说：“文学：子游、子夏。”意思是说，孔子学生中熟悉古代文献的是子游、子夏。汉代人所谓“文学”，是指学术。汉代在“文学”之外，另有“文章”一词，指学术之外的辞章，兼指文学性的作品和非文学性的作品。中国的韵文从《诗经》《楚辞》开始，中经西汉以来辞赋的发展，到东汉开始初步把“文学”与一般学术区分开来，《汉书·艺文志》专门设立了《诗赋略》一类，就是这种观念的一种反映。到魏晋时，出现了“诗赋欲丽”“诗缘情而绮靡，赋体物而浏亮”等对文学基本特征的探讨和认识，文学观念日益走向明晰化。

参考书目

（按作者姓氏拼音为序）

1. 班固撰，颜师古注：《汉书》，北京，中华书局1962年版。
2. 卞孝萱、王琳：《两汉文学》，合肥，安徽教育出版社2001年版。
3. 曹虹：《中国辞赋源流综论》，北京，中华书局2005年版。
4. 曹明纲：《赋学概论》，上海，上海古籍出版社1998年版。
5. 曹胜高：《汉赋与汉代制度——以都城、校猎、礼仪为例》，北京，北京大学出版社2006年版。
6. 陈其泰、赵永春：《班固评传》，南京，南京大学出版社2002年版。
7. 陈庆元等选注：《汉魏六朝辞赋选》，西安，太白文艺出版社2004年版。
8. 程章灿：《赋学论丛》，北京，中华书局2005年版。
9. 程章灿：《魏晋南北朝赋史》，南京，江苏古籍出版社2001年版。
10. 褚斌杰：《中国古代文体概论》（增订本），北京，北京大学出版社1990年版。

11. 崔恩富:《汉赋的历史》,重庆,重庆出版社2006年版。
12. 董治安:《两汉文献与两汉文学》,上海,上海古籍出版社2005年版。
13. 范小平:《四川画像砖艺术》,成都,巴蜀书社2008年版。
14. 范晔撰:《后汉书》,北京,中华书局1965年版。
15. 费振刚主编:《全汉赋》,北京,北京大学出版社1993年版。
16. 费振刚、仇仲谦:《全汉赋辞典》,北京,北京大学出版社2002年版。
17. 费振刚、仇仲谦、刘南平:《全汉赋校注》,广州,广东教育出版社2001年版。
18. 高光复:《赋史述略》,长春,东北师范大学出版社1987年版。
19. 葛洪撰、周天游校注:《西京杂记》,西安,三秦出版社2006年版。
20. 龚克昌:《中国辞赋研究》,济南,山东大学出版社2003年版。
21. 龚克昌主编:《汉赋新选》,武汉,湖北教育出版社2001年版。
22. 郭建勋:《辞赋文体研究》,北京,中华书局2007年版。
23. 郭建勋:《先唐辞赋研究》,北京,人民出版社2004年版。
24. 何清谷:《三辅黄图校注》,西安,三秦出版社,2006年第

2版。
25. 侯立兵：《汉魏六朝赋多维研究》，北京，人民出版社2007年版。
26. 侯良：《西汉文明之光——长沙马王堆汉墓》，河南人民出版社2008年版。
27. 胡常学：《文学话语与权力话语——汉赋与两汉政治》，杭州，浙江人民出版社2000年版。
28. 胡金华：《满城汉墓》，石家庄，花山文艺出版社2007年版。
29. 翦伯赞：《秦汉史》，北京，北京大学出版社，1983年第2版。
30. 康金声：《汉赋纵横》，太原，山西人民出版社1992年版。
31. 李大明：《汉楚辞学史》（增订本），北京，中国社会科学出版社、华龄出版社2004年版。
32. 李锦山：《鲁南汉画像石研究》，北京，知识产权出版社2008年版。
33. 李孝中校注：《司马相如集校注》，成都，巴蜀书社2000年版。
34. 李泽厚：《美的历程》，北京，文物出版社，1989年第2版。
35. 李志慧：《汉赋与长安》，西安，西安出版社2003年版。
36. 连云港市博物馆、中国文物研究所编：《尹湾汉墓简牍综论》，北京，科学出版社1999年版。
37. 林剑鸣等：《秦汉社会文明》，西安，西北大学出版社1985年版。
38. 铃木虎雄著，殷石臞译：《赋史大要》，上海，正中书局1942年版。
39. 刘大杰：《中国文学发展史》，上海，上海古籍出版社1982年版。
40. 刘南平、班秀萍：《司马相如考释》，天津，天津古籍出版社2007年版。
41. 刘斯翰：《汉赋：唯美文学之潮》，广州，广州文化出版社1989年版。
42. 刘勰著，范文澜注：《文心雕龙注》，北京，人民文学出版社1958年版。
43. 鲁迅：《汉文学史纲要》，见《鲁迅全集》（第九卷），北京，人民文学出版社1981年版。
44. 逯耀东：《抑郁与超越——司马迁与汉武帝时代》，北京，三联书店2008年版。
45. 吕慧娟、刘波、卢达编：《中国历代著名文学家评传》（第一卷），济南，山东教育出版社1983年版。
46. 马积高：《赋史》，上海，上海古籍出版社1987年版。
47. 马积高：《历代辞赋研究史料概述》，北京，中华书局2001年版。

48. 马新：《两汉乡村社会史》，济南，齐鲁书社1997年版。
49. 麦英豪、黄淼章、谭庆芝：《广州南越王墓》，北京，三联书店2005年版。
50. 聂石樵：《先秦两汉文学史稿》（两汉卷），北京，北京师范大学出版社1994年版。
51. 浦铣著，何新文、路成文校证：《历代赋话校证》，上海，上海古籍出版社2007年版。
52. 钱锺书：《管锥编》，北京，中华书局，1986年第2版。
53. 曲德来：《汉赋综论》，沈阳，辽宁人民出版社1993年版。
54. 阮忠：《汉赋艺术论》，武汉，华中师范大学出版社2008年版。
55. 司马迁撰：《史记》，北京，中华书局，1982年第2版。
56. 孙机：《汉代物质文化资料图说》，北京，文物出版社1990年版。
57. 陶秋英：《汉赋研究》，杭州，浙江古籍出版社1986年版。
58. 万光治：《汉赋通论》（增订本），北京，中国社会科学出版社、华龄出版社2004年版。
59. 王焕然：《汉代士风与赋风研究》，北京，中国社会科学出版社2006年版。
60. 王恺、葛明宇：《徐州狮子山楚王陵》，北京，三联书店2005年版。
61. 王兴国：《贾谊评传》，南京，南京大学出版社1992年版。

62. 王洲明、徐超校注:《贾谊集校注》,北京,人民文学出版社1996年版。
63. 萧统编,李善注:《文选》,上海,上海古籍出版社1986年版。
64. 徐陵编,吴兆宜注,程琰删补,穆克宏点校:《玉台新咏笺注》,北京,中华书局1985年版。
65. 熊传薪、游振群:《长沙马王堆汉墓》,北京,三联书店2006年版。
66. 熊良智主编:《辞赋研究》,北京,商务出版社2006年版。
67. 许结:《赋体文学的文化阐释》,北京,中华书局2005年版。
68. 许结:《赋学讲演录》,北京,北京大学出版社2009年版。
69. 严可均辑:《全上古三代秦汉三国六朝文》,北京,中华书局1958年版。
70. 阎崇东:《西汉帝陵》,北京,中国青年出版社2007年版。
71. 阎振益、钟夏撰:《新书校注》,北京,中华书局2000年版。
72. 杨鸿勋:《杨鸿勋建筑考古学论文集》(增订本),北京,清华大学出版社2008年版。
73. 杨树增:《汉代文化特色及形成》,北京,人民出版社2008年版。
74. 于迎春:《汉代文人与文学观念的演进》,北京,东方出版社1997年版。

75. 余江：《汉唐艺术赋研究》，北京，学苑出版社2005年版。

76. 俞纪东：《汉唐赋浅说》，上海，东方出版中心1999年版。

77. 袁行霈主编：《中国文学史》（第一卷），北京，高等教育出版社1999年版。

78. 张崇琛主编：《名赋百篇评注》，西安，三秦出版社2003年第2版。

79. 张晶：《汉代辞赋研究》，济南，齐鲁书社2007年版。

80. 张启成、徐达主编：《汉赋今译》，贵阳，贵州人民出版社2001年版。

81. 章培恒、骆玉明主编：《中国文学史新著》（增订本），上海，复旦大学出版社2007年版。

82. 朱晓海：《汉赋史略新证》，西安，陕西人民出版社2004年版。

83. 张新科：《文化视野中的汉代文学》，北京，中国社会科学出版社2006年版。

84. 张震泽：《扬雄集校注》，上海，上海古籍出版社1993年版。

85. 张震泽：《张衡诗文集校注》，上海，上海古籍出版社2009年版。

86. 郑毓瑜：《性别与家国——汉晋辞赋的楚骚论述》，上海，上海三联书店2006年版。

87. 郑振铎:《插图本中国文学史》, 北京，人民文学出版社1957年版。
88. 中国国家博物馆编:《文物秦汉史》, 北京，中华书局2009年版。
89. 周维权:《中国古典园林史》, 北京，清华大学出版社2008年第3版。
90. 踪凡:《汉赋研究史论》, 北京，北京大学出版社2007年版。

后　记

在2010年来临之际，此书的写作终于可以告一段落了，此时的心情多少有些轻松，也不免有几分忐忑。轻松的是，历经寒暑，书稿总算成形了；忐忑的是，书稿目前的样子是否达到了当初的设想，能否让读者喜欢、进而对汉赋及汉代精神有所了解。

说来研习先秦两汉文学也有些年头了，先秦元典的博大醇厚，两汉文学的浑朴壮美，一直深深地吸引着我，给我以精神的寄托和砥砺。而汉代人所具有的酣畅淋漓的元气，无远弗届的胸怀，还有那种“匈奴未灭，何以家为”的豪情，等等。此类充满阳刚和向上的精气神，也一直是我倾慕并想探究的，因为“大汉精神”“汉唐气象”等，我们睽违已久，尤其是当下，那些男女莫辨、精神萎靡的跳梁小丑，竟至成为传媒热捧的主角，时时冲击着我们这个民族曾经拥有的健康的审美观，矮化着人们的精神，思之不免心痗。所以，当有机会写这么一本关于汉赋的书时，我没有因其通俗而懈怠，而是全身心投入，以此作为重新理解汉赋，感悟并揭示大汉精神的良机。

汉赋是有汉一代文学的代表，是了解汉代社会物质文明和精神文明的最佳途径，虽然本书介绍的主要是汉赋这种文体在汉代发展演变的基本情况，但在写作过程中，我还是尽力想透过此一载体去还原汉代人的精神世界，毕竟文学是人的文学，是人的心灵世界的折射。本书字数不多，是一本普及性的小册子，但对写惯了所谓学术文章的人来说，如何使内容深入浅出、文字通俗易懂，实际上是提出了更高的要求，这也正是最费心机之处，整个过程下来，感觉实在不轻松！可以告诉读者的是，本书可能没有那些“戏说”的热闹和煽情，但提供的知识是可靠的，绝对不会“被戏说”！

需要说明的是，本书的写作，对前修时贤的各种成果多有参考、吸收，限于体例，未能在正文中一一标注，但有一言可用或启发者，均在参考书目中列出，敬祈谅解并致谢意！蒙陈虎先生信任，将此书的写作任务交由我完成，希望没有让二位主编失望。本书的写作也得到了费振刚师的关心，他不仅把关指导了书稿提纲，还时时关心书稿的进度，这里唯愿吾师健康快乐！曲晓华女士帮助处理图片，为书增色不少。对这些高情厚谊，谨在此一表谢忱！

2009年12月28改定于清华园，时大风寒

修订附言

这本小书撰于2009年，在出版十几年后的今天得以再版，颇感欣慰，说明当初的付出还不无价值。马齿渐增，胆子变小，对“白纸黑字”愈感敬畏，面对这一旧作，原本希望能再加雕刻，以不负读者信任。但限于丛书体例及个人时间等，本次再版，只订正了几处明显的讹误、修饰了几处文字、更换了部分图片，特此说明。

2021年7月13日中午，时值仲夏